国韵小小说

上海图书馆 编

中华传统世情小说十五篇

大言牌

生活·讀書·新知 三联书店

图书在版编目(CIP)数据

大言牌:中华传统世情小说十五篇/上海图书馆编.
—北京:生活・读书・新知三联书店,2018.1
(国韵小小说)
ISBN 978 - 7 - 108 - 05236 - 0

Ⅰ.①大… Ⅱ.①上… Ⅲ.①小小说 - 小说集 - 中
国 - 现代 Ⅳ.①I246.8

中国版本图书馆 CIP 数据核字(2017)第 280123 号

责任编辑　成　华
封面设计　刘　俊
责任印刷　黄雪明
出版发行　生活・讀書・新知 三联书店
　　　　　(北京市东城区美术馆东街 22 号)
邮　　编　100010
印　　刷　常熟高专印刷有限公司
版　　次　2018 年 1 月第 1 版
　　　　　2018 年 1 月第 1 次印刷
开　　本　650 毫米 ×900 毫米　1/16　印张　11
字　　数　96 千字
定　　价　29.00 元

编者的话

　　近一百年前，一批通俗浅近、装帧精美的"口袋书"陆续面世，是为"小小说"系列。其内容多依托古典小说名著改编，文字浅显，材料活泼，更有鲜明悦目的精美封面助人兴味，既可供文学爱好者品味消遣，亦是学校教育、家庭教育、民众教育的流行读本。惜历时久远，今多已散佚。

　　为"复活"这批优秀的传统文化读物，特搜集上海图书馆所藏共九十余种"小小说"，略据内容分为六册，凡军事、历史、武侠、志怪、世情，涵盖各种类型，集中展现了我国古典白话小说的发展水平与艺术特色。

　　为便于读者阅读，现将原书的竖排繁体转为横排简体，修正了其中的漏字、错字、异体字，并根据现代汉语语言规范对标点符号进行了统一处理。必须说明的是，编者仅就明显的语言错误做出修正，在文从字顺的前提下，尽可能保留了特定时代的语言风格。

　　当然，也由于时代的局限，书中存在一些与当今理念相悖之处，考虑到还原作品原貌，均视作虚构文学素材予以保留。读者阅读此书，当能明辨。

目录

秦琼卖马
国韵小小说

　　话说隋朝时代，山东济南府地方，有一个英雄好汉，姓秦名琼字叔宝，学得一身好武艺，有万夫不当之勇，充当济南本府一名捕快。与捕快都头姓樊名虎号建威，也有过人气力者最相好，结交往来。

　　一日，本府刘刺史发下一起盗犯，律该充军，发往平阳驿潞州府收管。恐山西地面有失，当堂就点了叔宝、樊虎二人押解。樊虎解往平阳驿，秦琼解往潞州。叔宝回家中收拾行李、拜别母亲，同樊虎将一起人犯解到长安司挂号，然后向山西进发。正直暮秋天气，到了关口分了行李，各带犯人分路而去。叔宝到了潞州，住在王小二店中，就把犯人带到衙门投过了文。等到发出来，看禁子把人犯收监，领了回批，出府回店。店小二看见道："秦爷可否把账算算？"叔宝道："这是正理。"就打开箱子在里边一摸，吃了一惊。岂意因在关口与樊虎分行李时，有一宗银子是州里发出做盘费的。库吏因樊虎与叔宝交厚，故一总兑与樊虎。这宗银子都在樊虎身边，分别时行李、文书件件分开，只有银子不曾分得。心内踌躇。店小二见如此，即时变脸。叔宝道："小二哥且莫忙，我还未去。因我有个朋友到泽州投文，盘缠银两都在他身边，等他来会，我方有银子还你。"小二听了这话，暗想他若把马骑走了，叫我哪里去讨这银子。不如把他批文留住，倒是稳当。就向叔宝道："秦爷既不起身回去，这批文是紧要的，可拿到里面交拙荆收藏，你也好放心盘桓。"叔宝不知是计，就将批文递与王小二收了。日日去到官塘大路，盼望樊虎回来，望了许久，不见樊虎的影子。受了小二无数冷言冷语。忽然想道："我有两条祖传的金装锏。今日穷甚，可拿到典铺押当些银子还他饭钱，也可还乡。待异日把钱来赎不迟。"主意定了，就走到三义坊当铺里来，将锏放在柜上。当铺的人见了道："兵器不当，只好作废铜称。"叔宝见管当的装腔，没奈何说道："就作废铜称罢。"当铺人拿大秤来称，两根锏重一百二十八斤，又要除些折耗，四分银子一斤，算该五两银子，要多一分也不当。叔宝想："四五两银子如何济得事！"依旧拿回店来。

秦琼卖马

王小二见了道："你说要当这兵器还我，如何又拿回来?"叔宝托词应道："铺中说兵器不当。"小二说："既如此，你再寻值钱的当罢。"叔宝道："小二哥你好无理，我公门中当差，除了这随身兵器，难道有金珠宝物带在身边不成?"小二道："既如此，你一日三餐，我如何顾得你。你的马若饿死了也不干我事。"叔宝道："我的马可有人要否?"小二道："我们潞州城里都是要代脚力的，马若出门就有银子。"叔宝道："这里马市在哪里?"小二道："就在西门大街上，五更开市，天明就散。"叔宝道："明早去吧。"

这一夜，叔宝如坐针毡。睡到五更时分，把马牵出门，走到西市。那马市已开，但见王孙公子往来不绝。见着叔宝牵了一匹瘦马，都笑他这穷汉牵着劣马来此何干！叔宝闻言，对着马道："你在山东时，何等威风！如何今日就垂头落颈。"又把自己身上一看道："怪你不得，我今衣衫褴褛，也是这个模样。只为少了几个店账弄得如此，何况于你。"遂长叹一声。见市上没有人睬他，把马牵回。因空腹出门，一时闭着睡眼，顺脚走过马市。时城门大开，乡下人挑柴进城来卖，那柴上还有些青叶。马是饿极的，见了青叶一口扑去，将卖柴的老儿冲了一跤，喊叫起来。叔宝如梦中惊觉，急去扶起老儿。那老儿看着马问道："果是卖的。这市上的人哪里看得上眼。这马膘虽瘦了，缠口实是硬挣，还算是好马。"叔宝闻言欢喜道："老丈你既识得此马，要到哪里去卖？"那老儿道："要卖此马，有一处去包管成交。"叔宝大喜道："老丈你同我去，卖得时送你一两茶金。"老儿听说欢喜道："这西门十五里外有个二贤庄，庄上主人姓单名雄信，排行第二，人称他为二员外，常买马送与朋友。"叔宝闻言，如醉方醒，暗暗自悔失了检点。在家时闻得人说潞州单雄信是个招纳好汉的英雄，我如何到此许久不去拜他！如今衣衫褴褛，若去拜他，也觉无颜。又想道，我今只认作卖马的便了。就叫老丈引进。那老儿把柴寄在豆腐店，引叔宝出城。行了十余里路，见一座大庄院，古木阴森、大厦云连。这庄上主人单雄信，一身好本领，专好结交豪杰，处处闻名。

一日闲坐厅上，只见苏老走到面前，行了一礼，雄信回了半礼。苏老道："老汉今日进城，见着一个汉子牵匹马卖。看那马虽瘦，却是千里龙驹。特领他来，请员外出去看看。"雄信遂走出来。叔宝隔溪望见雄信：身长一丈，面若灵官，青脸红发，衣服整齐。走过桥来，将马一看：高有八尺，遍体黄毛如金丝细卷，并无半点杂色。双手用力向马背一按，雄信膂力最大，这马却分毫不动。看完了马方与叔宝见礼道："这马可是足下要卖的？"叔宝道："是。"雄信道："要多少价钱？"叔宝道："人贫物贱，不敢言价，只赐五十两足矣。"雄信道："这马讨五十两不多，只是膘跌太重，不加细料喂养，这马就是废物了。今见你说得好，与你三十两罢。"言讫，就转身过桥去了。叔宝只得跟过桥来，口里说道："凭员外赐多少罢了。"雄信到庄，立在厅前，叔宝站于月台旁边。雄信叫手下人把马牵到槽头上些细料。因问叔宝："足下是哪里人？"叔宝道："在下是济南府人氏。"雄信听得济南府三字，就请叔宝进来坐下。因问道："济南府我有个慕名的朋友，叫秦叔宝，在济南府当差，兄可认得否？"叔宝随口应道："就是在下。"即住口不言。雄信失惊道："得罪。"忙走下来。叔宝道："就是在下同衙门朋友。"雄信方立住道："如此失瞻了，请问老兄高姓？"叔宝道："贱姓王。"雄信道："小弟要带个信与秦兄，不知可否？"叔宝道："有尊札，尽可带得。"雄信入内封了三两程仪、潞绸两匹并马价，出厅前作揖道："小弟本欲寄一封书，托兄奉与叔宝兄。因不曾会面，恐称呼不便。只好烦兄道个小弟仰慕之意罢。这是马价三十两，外具程仪三两、潞绸二匹，乞兄收下。"叔宝辞不敢收，雄信执意送上，叔宝只得收了。雄信留饭，叔宝恐露真名姓，急辞出门。

苏老跟叔宝到路上，叔宝将程仪拈了一锭，送与苏老，苏老欢喜称谢去了。叔宝自往西门而来。正是午牌时候，腹中饥饿。走入酒店来，拣个座头坐下，把银子放在怀内，潞绸放在一边。酒保摆上酒肴，叔宝吃了几杯。只见外边走进一个人来，叔宝却认得是向来交好的王伯当，连忙把头回转了。这王伯当，乃金山人氏，曾做武状元，技艺绝伦。因见奸臣当道，故此弃官，遍行天下，结交英雄。这日在潞州走到店中饮酒。叔宝回转头时，早被伯当看见。便问道："那位好似秦大哥，为何在此？"就走近来。叔宝只得起身，叫声："伯当兄，正是小弟。"伯当一见叔宝这般光景，连忙把自己身上团花战袄脱下，披在叔宝身上。叫声："秦大哥，你为何到此弄得这样？"叔宝与他见过了礼，方把前事细说一遍："今早牵马到二贤庄，卖与单雄信三十两银子。他问起贱名，弟不与明说。"伯当道："他既问起兄长，如何不道姓名与他？他若知是兄长，不但不收兄马，必定还有厚赠。如今兄同小弟再去便了。"叔宝笑道："我若再去，方才便道姓名与他了。如今卖马有了盘费，回了店内，收拾行李，就要起身回乡了。"伯当道:"兄不肯去,弟也不敢相强。兄长住店却在何处?"叔宝道:"在府前王小二店内。"伯当点头,便叫酒保添上酒肴畅饮。于是二人作别,伯当往二贤庄去了。

叔宝回到店内。小二见没有了马,知是卖了,便道:"秦爷,这回好算账了。"叔宝也不言语,把房饭银算还于他,取了批文,把双铜背上肩头。又恐雄信追来,故此连夜出城,往山东而去。

那王伯当到二贤庄,雄信出迎。伯当道:"单二哥你今日做了不妙的事了。"雄信忙问何事。伯当道:"你可曾买一匹马?"雄信道:"马是买的,兄如何得知?"伯当道:"方才卖马的对我说道,你贪小利而失了个有名望的人。"雄信道:"他不过是个好手,有何名望?"伯当道:"他的名望比别个不同。你可知道他的名姓否?"雄信道:"我问他,他说济南府人姓王。我便问起秦叔宝,他说是他的同班。我就请他进里面坐。"伯当闻言,哈哈大笑道:"可惜你当面错过!他正是秦叔宝。"雄信吃惊道:"啊呀!他如何不肯通名。如今在哪里?"伯当道:"就在府前王小二店内。"雄信就要赶去。伯当道:"天色已晚,赶进城来不及了,明早去吧。"雄信性急,二人吃了一夜酒。天色微明,就上马赶到小二店前下马,问小二道:"有名望的山东秦爷可在店里?"小二道:"秦爷昨晚起身去了。"雄信闻言就要追赶。忽见家将跑来叫道:"二员外不好了,大员外在楂树岗被唐公射死了,如今棺木到庄了。"雄信闻言大哭道："伯当兄，弟不能去赶叔宝兄。望兄见时多多致意，代为请罪。"说罢飞马回去了。伯当亦自回去。

再说叔宝恐雄信赶来，走了一夜，自觉头痛。又走十余里，不料脚软，不能前进。见路旁有一东岳庙，叔宝奔入庙来，要去拜台上坐坐。忽然头昏，仰后一跤，一声响倒在地上，肩上双铜竟把七八块砖打碎了。惊得道人慌忙来扶，哪里扶得动，只得报知观主。这观主姓魏名征，维扬人氏，曾做吉安知府，因见奸臣当道，挂冠修行，从师徐洪客在此东岳庙。半月前，徐洪客云游别处去了。当下魏征闻报，连忙出来。见叔宝倒在地上，面红眼闭，口不能言，就与叔宝诊脉。便道："这汉子只因失饥伤饱，风寒入骨，故有此症。"即叫道人煎金银汤，化了一服药与叔宝吃了，渐渐能言。魏征问道："你是何处人氏，叫何名字？"叔宝将姓名并前事说了一遍。魏征道："兄长既如此，且在敝观调养好了回乡不迟。"吩咐道人在西廊下打铺，扶叔宝去睡了。魏征日日按脉用药与叔宝吃。过了几天。

一日道人摆正经堂，只等员外来就要开经。原来就是单雄信，因哥哥死了，在此诵经。一时雄信到了，在大殿参拜圣像。只见家丁把道人打嚷，雄信喝问何故。家丁道："可恶这道人，昨日吩咐他打扫洁净，他却把一个病人睡在廊下。故此打他。"雄信大怒，叫魏征来问。魏征道："员外有所不知，这个人是山东豪杰，七日前得病在此，贫道怎好赶他。"雄信道："他是山东人，叫何名姓？"魏征道："他姓秦名琼号叔宝。"雄信闻言大喜，跑到廊下。此时叔宝见雄信来，恨不得有个地洞钻下去。雄信走到面前，扯住叔宝的手，叫声："叔宝哥哥，想煞我也。"叔宝回避不得，起来道："秦琼有何德能，蒙员外如此见爱。"雄信看他形状，不觉泪下道："哥哥你前日见弟，不肯实说。后伯当兄说知，次早赶至店内，不料兄连夜启行。正欲追兄，忽遭先兄之变，不能赶来，谁知兄落难在此。皆弟之罪也。"叔宝道："弟因贫困至此，于心有愧，所以瞒了仁兄。"雄信吩咐魏征做道场，叫家丁扶秦爷换了衣服，又叫一乘轿子抬了叔宝。雄信上马，径回二贤庄。叔宝要叙礼，雄信扯住道："哥哥贵体不和，何必拘此客套。即请医生调理，不消半月，这病就治好了。"雄信备酒接风。叔宝把前事细说一遍，雄信把亲兄被唐公射死之事告知叔宝，十分叹息。

却说樊虎到泽州，得了回文，料叔宝亦已回家，故直回济南府。完了公事，闻叔宝尚未回来，就去到秦家安慰老太太一番。又过了半月，还不见叔宝回来。秦老太太十分疑虑，叫秦安去请樊虎来。太太说道："小儿还不见回来，我恐怕他病在潞州。今老身写一封书，欲烦大爷至潞州走一趟，不知你意下如何？"樊虎道："伯母吩咐，小侄敢不从命！明日就去。"接了书信，太太取出十两银做路费。樊虎坚辞不受说："叔宝兄还有银两在侄处,何用伯母费心!"遂离秦家,入衙告假一月。

次日起程,向山西潞州府来。行近潞州,忽然彤云密布、朔风紧急,落下一天雪来。樊虎见路旁有所东岳庙,忙下马进庙避雪。魏征一见问道:"客官何来,有何公干?"樊虎道:"我是山东来的,姓樊名虎,因有个朋友在潞州许久不回,特来寻他。今遇这样大雪,难以行走,到宝观借坐一坐。"魏征又问道:"客官所寻的朋友,姓甚名谁?"樊虎道:"姓秦名琼,号叔宝。"魏征道:"此人前月曾在庙病了数日,近来在西门外二贤庄单雄信处。"樊虎听了,就要起身。魏征道:"这般大雪,如何去得。"樊虎道:"无妨,我就冒雪去吧。"就辞魏征上马向二贤庄来。到了庄门,对庄客道:"今有山东秦爷的朋友来访。"庄客报入。雄信、叔宝闻言,遂走出来。叔宝见是樊虎,就叫建威兄:"你因何到这时才来?我这里若没有单二哥,已死多时了。"樊虎道:"弟前日在泽州,料兄已回,及弟回济南,多时不见兄长回来。令堂挂念,差弟来寻。方才遇魏征师父指引至此。"叔宝就把前事说了一遍。樊虎取出书与叔宝看了,叔宝即欲回家。雄信道:"哥哥,你去不得。今贵恙初安,冒雪而回,恐途中病又复作,难以保全。万有不测,使老夫人无靠,反为不孝。依弟主意,先烦建威兄回济南,安慰令堂。且过了残年,到二月中,送兄回去。一则全兄母子之礼,二则尽弟朋友之道。"樊虎道：“此言有理，秦兄不可不听。”叔宝只得允诺。雄信吩咐摆酒与樊虎接风。过了数日，天色已晴，叔宝写了回信，雄信备酒饯行。取出银五十两、潞绸五匹，送与秦母。另银十两、潞绸五匹，送与樊虎。樊虎收了，辞别雄信、叔宝回济南去了。

雄信只因欲厚赠叔宝，恐叔宝不受，只得暗暗把黄膘马养得雄壮。照马的身躯，叫匠人打一副镏金鞍辔并踏镫。又把三百六十两银子打做数块银板，放在一条缎被内。一时未备，故留叔宝在此。那叔宝在二贤庄过了残年，又过灯节，辞别雄信。雄信摆酒饯行，饮罢，雄信叫人把叔宝的黄膘马牵出来。鞍镫俱全，铺盖放在马上，双锏挂在两旁。叔宝见了道：“何劳兄长厚赐鞍镫。”雄信道：“不过尽小弟一点心耳。”又取出潞绸十四、白银五十两，送与叔宝为路费。叔宝推辞不得，只得收下。雄信送出庄门，叔宝辞谢上马去了。

夺先锋
国韵小小说

夺先锋

话说隋末唐初的时候，有一位英雄，姓秦名琼字叔宝，善使银枪，精通锏法。他的家世容后表明。有一年，因他在潞州府皂角林地方误伤人命，遂定了个发配河北燕山罗元帅标下为军的罪名。

一日，潞州府知府蔡建德升堂，在牢中取出秦叔宝，当堂上了行枷。点了两名解差，一个姓金名甲，一个姓童名环。二人领了文书，带了叔宝，出得府门，早有单雄信等一班朋友接着，同到酒店饮酒。雄信道："这燕山也是个好地方，弟有几个朋友在彼，一个叫张公瑾是帅府旗牌，又有两个兄弟叫尉迟南、尉迟北，现为帅府中军。弟今有与张公瑾一书，兄可带去。他住在顺义村，兄一至燕山必先到他家下了书，然后再去投公文。"说罢，随即将书付与叔宝。叔宝收书谢道："弟蒙二哥照拂，此恩此德何时可报！"雄信道："叔宝兄说哪里话！朋友有难，理应相援。若坐视不救，尚要朋友何用！兄此行尽可放心，老伯母处，弟自差人安慰，不必挂念。"叔宝闻言十分感谢。饮毕出店，别了雄信，径投河北而去。

行了数日，将近燕山。看看天色已晚，三人遂下了客店。叔宝问主人道："这里有个顺义村吗？村中有个张公瑾，可晓得吗？"店主人道："怎么不晓得，他是帅府旗牌官！近来元帅又选了一个领军，名叫史大奈。帅府规矩,凡领职的演过了武艺,恐还没有本事。必须在顺义村土地庙前造一座擂台,限一百日,没有人打倒他才有官做。如今史大奈在顺义村将有一百日了,若明日没有人来打,这领军官是他的了。张公瑾、白显道二人日日在那里经管,你们若要寻他,明日只到庙前去寻便了。"叔宝闻言欢喜。

次日吃过早饭,算还饭钱,三人便向顺义村土地庙来。到了庙前,果见一座擂台,高有一丈、阔有二丈,周围挂着红彩。叔宝等正在观看,忽见远远有三人骑马而来。到了庙前,各个下马,随后有人抬了酒席,供于神前香案。一人拜过神像,转身出庙,脱了团花战袍,把头上扎巾按一按,身上穿一件皂缎紧身。跳上擂台,打了几回拳棒。在台上叫道:"小可史大奈,奉命在此摆擂,今已百日满期。若有人敢上台来与我交手,降服得我,这领军职分便让与他。"连问数声,无人答应。那童环对叔宝、金甲道:"你看他目中无人,待我去打他下来。"遂大叫道:"我来与你放对。"说毕,便向台上一跳。史大奈见有人来,忙立一个门户等候。童环一上台,便使个探马势,抢将进来。被史大奈把手虚闪一闪,将左足飞起,一腿打去,童环正要接他的腿,不想史大奈力大,早把童环撞下擂台去了。金甲大怒,奔上台来,使个大火烧天势,抢将过来。史大奈把身一侧,回身假走。金甲上前大叫道:"你往哪里走!"便拦腰抱住,要推史大奈下去。

却被史大奈用关公大脱袍势，把手反转在金甲腿上一挤，金甲一阵酸麻，手略一松，被大奈两手开个空，回身一抬膀子，喝声"下去"，扑通一声把金甲打下台来。旁观的人不觉齐声喝彩。叔宝看了大怒，也就跳上擂台，直奔史大奈，两个打起来。史大奈用尽平生气力，把全身本事都拿出来招架，下面看的人齐声呐喊。他两个正打得落花流水，却有张公瑾跟来的家将看见势头不好，忙走入庙，叫声："二位爷不好了，史爷今日遇着敌手，甚是厉害。小的看史爷有些招架不住了。"二人闻说，吃了一惊，忙跑出来。张公瑾抬头一看，见叔宝人才出众，暗暗喝彩。便问众人道："列位可知道台上好汉何人？"金甲道："他是山东秦叔宝。"张公瑾闻言大喜。望台上叫道："叔宝兄住手。岂不闻君子成人之美！"叔宝听了，心中暗想："我不过见他打了金甲、童环一时气愤与他交手，何必坏他名职！"就虚闪一闪，跳下台来。史大奈也下了台。叔宝道："不知哪位呼我的名？"公瑾道："就是小弟张公瑾呼兄。"叔宝闻言，上前见礼道："小弟正要来拜访张兄。"公瑾就请叔宝等三人来至庙中，各个见礼。现成酒席，大家坐下。叔宝取出雄信的书递与公瑾，公瑾拆开一看，内说叔宝根由，要他照顾之意。公瑾看罢，对叔宝道："兄诸事放心，都在小弟身上。"当下略饮数杯。公瑾吩咐家将备三匹马，与叔宝等三人骑了，六人上马回到村中，大摆筵席款待叔宝。

及至饮罢，公瑾就同众人上马进城来到中军府。尉迟南、尉迟北、韩实忠、李公旦一齐迎入。见了叔宝等三人叩问来历，公瑾道："就是你们时常所说的山东秦叔宝，难道不认得吗？"四人闻言，忙请叔宝见礼，并问："为何忽然到此？"公瑾把单雄信的书与众人看了，尉迟兄弟只把眉头紧锁，长叹一声道："元帅性子十分执拗，凡有解到罪人，先打一百杀威棍。十人解进，九死一生。今雄信兄将叔宝兄托在你我身上，这事怎处？"众人听了，面面相看，无计可施。李公旦道："列位不必愁烦，弟有个计策在此，我知元帅生平最怕的是牢瘟病，若罪人一犯此病就不打了。恰好叔宝兄面色金黄，很像有病，何不就装作牢瘟病呢？"公瑾道："此计甚好。"

次日天明，众人同到帅府前伺候。少刻帅府开门，张公瑾自回旗牌班。白显道归左领军，尉迟南、尉迟北到中军官，韩实忠、李公旦到右统制班，一齐上堂参见。随后又有辕门官、听事官、传宣官同五营四哨副将、牙将上堂打拱。唯有史大奈不曾授职，在辕门外伺候。金甲、童环将一扇板门抬着叔宝，等候投文。

那罗元帅坐在堂上，两旁明盔亮甲，密布刀枪，十分严整。众官参见后，张公瑾上前跪禀道："小将奉令在顺义村坚守擂台，一百日完满，史大奈并无敌手。特来缴令。"说毕，站过一边。罗公便命史大奈进来，实授右领军之职。史大奈叩头称谢，归班站立。然后叫投文的进来。金甲、童环火速上前，捧着文书在仪门内远远跪下。旗牌官接了文书，当堂拆开送上。罗公看罢，叫把秦琼带上来。金甲跪禀道："犯人在路上不服水土，犯了牢瘟病，不能前进。如今抬在辕门，候大老爷发落。"罗公从来很怕牢瘟病，今见禀说，又恐他假装，遂叫抬进来亲看。金甲、童环忙把叔宝抬进，罗公远远望去，见他面色焦黄、乌珠定着，真个认作牢瘟病。就把头一点，吩咐将犯人发下去调养。刑房发回文书，两旁一声答应，金甲、童环叩谢出来。罗公退堂封门。那张公瑾等都到外面，替叔宝道喜。后又同到尉迟南家中摆酒庆贺。

　　罗公退堂，见公子罗成来接，便问道："你母亲在哪里？"罗成道："母亲早上起来，不知为什么愁容满面，如今却在房中啼哭。"罗公忙到房中，果见夫人眼泪汪汪，坐在一边。便问夫人为何啼哭。夫人便道："妾每日思念先兄为国捐躯，尽忠战死。撇下寡妇孤儿不知逃往何方，存亡未卜。昨夜梦中，忽见先兄说道，你侄儿有难发配在此，须念骨肉之情，好生看顾。妾身醒来，想起伤心，故此啼哭。"罗公道："令侄不知叫何名字？"夫人道："但晓得他乳名叫太平郎。"罗公心中一想，对夫人道："方才早堂，山西潞州府解来一名军犯，名唤秦琼，与夫人同姓。令兄托梦，莫非应在此人身上？"夫人惊道："不好了！若是我侄，这一百杀威棍如何当得起！"罗公道："那杀威棍却不曾打，因他犯了牢瘟病，所以我就从轻发落了。"夫人道："如此还好。但不知那姓秦的军犯是哪里人氏？"罗公道："我却不曾问得。"夫人道："妾身怎能亲见那人，盘问家下根由？倘果是我的侄儿，也不负我先兄托梦。"罗公道："这也不难，如今后堂挂下帘子，差人去唤这军犯复审，那时我将他细细盘问。夫人在帘内听他是与不是，就明白了。"夫人闻言称善，便至后堂坐下，命丫鬟挂下帘子。

罗公取令箭一支交与旗牌官曹彦兵，即将秦琼带到后堂复审。彦兵接过令箭，忙到尉迟南家中，说元帅令箭在此，要带秦大哥在后堂复审。众人闻说，不知何故，面面相看，全无主意。叔宝无奈，只得随彦兵来到帅府，领进后堂，上前缴令。叔宝远远偷看，见罗公坐在虎皮交椅上，两旁站几个青衣家丁，堂上挂着珠帘。只听得罗公叫秦琼上来，家将引叔宝到阶前跪下。罗公道："秦琼，你是哪里人氏，祖上什么出身，因何犯罪到此？"叔宝暗想他问我家世，必有缘故。便说道："犯人济南人氏，祖名秦旭，乃北齐亲军。父名秦彝，乃齐主驾前伏虏将军，可怜为国捐躯，战死沙场。只留犯人，年方五岁，母子相依，避难山东。后来犯人蒙本府抬举，点为捕盗都头，去岁解犯到潞州，在皂角林地方误伤人命，发配到大老爷这里为军。"罗公又问："你母亲何氏，你可有乳名吗？"叔宝道："犯人母亲宁氏，我的乳名叫太平郎。"罗公又问："你有姑娘否？"叔宝道："有一个姑娘，犯人三岁时，他就嫁与姓罗的官长，至今杳无音信。"罗公大笑道："远不远于千里，近只近在目前。夫人，你侄儿在此，快来相认。"秦夫人推开帘子，急出后堂，抱住叔宝放声大哭，口叫太平郎我的儿，你嫡亲姑娘在此。叔宝不知就里，吓得遍身发抖道："啊呀夫人不要错认，我是军犯。"罗公站起身来叫声："贤侄，你不必惊慌，老夫罗艺是你的姑夫，他就是你的姑娘，一些不错。"叔宝此时如醉方醒。大着胆子，上前拜见姑夫姑母，不免也掉下几点泪来，又与表弟罗成见过了礼。罗公吩咐家人服侍秦大爷沐浴更衣，备酒接风，饮至更深方散。即时吩咐家人收拾书房，请秦大爷安睡。

次日叔宝起来，先到中军府谢过众友，然后仍回帅府，到后堂请姑夫姑母安。罗公夫妇吩咐摆酒，席间罗公问些兵法，叔宝应答如流，夫妻二人甚是欢喜。当下酒散，叔宝自回书房。罗公对夫人道："我看令侄人才出众，兵法甚熟，意欲提拔他做一官半职。但我从来赏罚严明，况令侄是一个配军，到此并无尺寸之功，若加官职恐众将不服。我意欲下教场演武，使令侄显一显本事，那时将他补在标下，以服众心。不识夫人意下如何？"夫人道："若得如此，妾身感激不尽。"罗公闻言，遂即传令五营兵将整顿队伍，明日下教场操演。

次早罗公冠带出堂，放炮开门，众将行礼毕。罗公上了轿，轿后叔宝、罗成与众将跟随，一路往教场，十分威武。及到了教场，放起三个大炮。罗公到演武厅下轿，朝南坐定，众将参见。五营兵丁各分队伍，站立两旁。罗公下令三军演武。一声号炮，三军踊跃，战马咆哮，依队行动，排成阵势。将台上令字旗一展，二声号炮，鼓角齐鸣，人马奔腾，杀气漫天。又换了阵势，呐喊摇旗，互相攻击，有鬼神不测之妙。及三声号炮，一棒金锣，收了阵势，三军各归队伍，众将进前射箭，射中的磨旗擂鼓，不中的吊胆惊心。

少停，射箭已完。罗公又传令下来，唤山西解来的军犯秦琼。叔宝闻唤，连忙上前跪下叩头。罗公道："今日本帅操兵，非为别事，欲选一名先锋，不论马步兵丁，囚军配犯，只要弓马精熟，武艺高强，即授此职。你可有什么本事，不妨演来！"叔宝禀道："小的会使双锏。"罗公吩咐赏他坐马。军政官闻令，便给其战马。叔宝提锏上马，发开四蹄，跑将下来。把锏一摆，兜回坐马，勒住丝缰，在教场中间往来驰骋，两支银锏使将开来。起初还见他一上一下，或左或右，护顶蟠头，前遮后躲。舞到后来，但听得呼呼风响，万道寒光。这两支锏宛如银龙摆尾，玉蟒翻身，只见银光不见人。罗公暗暗喝彩，罗成不住称赞，军将看得眼花。片时使完，收了锏，叔宝下马，上前缴令。罗公赞一声好。便问两边众将道："秦琼锏法精明，本帅意欲点他为先锋，你们可服吗？"言未毕，忽闪出一员战将大叫道："小将不服。"叔宝抬头一看，见此人身高八尺，紫草脸，竹根须，戴一顶金盔，穿一副金甲，姓伍名魁。罗公见他不服，大怒道："我操兵演武，量材擢用，众将俱服，何独你一人不服！"伍魁道："元帅差矣！

秦琼是一个配军，并无一些功劳，元帅突然补他为先锋。若是小将等久战沙场，屡立战功，不知该居何职！元帅赞他的铜天上少，地下无。据小将看来，也只平常，内中还有不到之处。"罗公闻说，唤过秦琼大喝道："你怎敢将这些学不全的铜法来搪塞本帅！"叔宝暗想："这秦家铜天下无双，为何被此人看低了，难道此人的铜法比我家又高吗？"以心问心，未肯就信。只得认个晦气跪下禀道："小的该死，望元帅爷开恩恕罪。"罗公心内明白，怎奈伍魁作对，难以措置。只得又问道："你还有什么本事？"叔宝道："小的能射天上飞鸟。"罗公大喜，命军政官给副弓箭。叔宝站起来，伍魁大叫道："秦琼，你好大胆，乃敢戏弄元帅，妄夸大口。少刻没有飞鸟射下来，我看你大话如何说得成？"叔宝道："巧言无益，做出便见。我若射不下飞鸟，自甘认罪，何用将军如此费心，为我担忧。"伍魁闻言，气得面皮紫涨，大怒道："你这该死的配军，敢顶撞俺老爷！也罢，你若有本事射下飞鸟，俺把这颗钦赐的先锋印输与你。如射不下来，你便怎的？"叔宝道："若射不下来，我就把首级输与你。"罗公道："军中无戏言。"吩咐立下了军令状。

叔宝此时拈弓搭箭，仰天遥望飞鸟。恰有两只饿老鹰抓了雏鸡，飞在天空，一路争夺前来。雌的抓着鸡在下，雄的扑着翅在上，带夺带飞，追将过来。叔宝见了，便扯弓发箭，但听得嗖的一声，把两只鹰和那小鸡一箭贯胸，射将下来。大小三军齐声呐喊，众将拍掌称奇。军政官去拾了一箭双鹰，同叔宝上前缴令。罗公看了赞道："好神箭也！"心中不胜欢喜。当下唤过伍魁说道："秦琼已经射下飞鸟，你还有什么话讲？快取先锋印与他！"伍魁道："元帅说哪里话？俺这先锋印乃朝廷钦赐，岂可让与军犯秦琼！"罗公闻言大怒道："你既立了军令状，为什么又要翻悔？"伍魁道："秦琼果有本事，敢与俺比一比武，胜得俺这口大刀，就把先锋印让与他。"罗公唤秦琼过来道："本帅命你同伍魁比武，只许胜，不许败。"叫军政官给予盔甲，叔宝遵令，全装披挂，跨马抡铜。

只见伍魁催开战马，举钢刀大叫道："秦琼快来受死！"双手舞刀，劈面砍来。叔宝双铜架住，战了十余合。叔宝用铜打去，伍魁把刀来迎，那铜打在刀口上，火星乱迸，震得伍魁两膀酸麻，面皮失色。耳边但闻呼呼风声，两条铜势如骤雨，弄得伍魁这口刀只有招架之功，并无还兵之力。只得虚晃一刀，思量逃走，却早被叔宝右手的铜在前胸一打，护心镜震得粉碎，登时仰面朝天，一跤跌于马下，竟为马足蹄死。可怜伍魁只因妒忌秦琼，反害了自己性命。当时罗元帅看了，吩咐将伍魁尸骸用棺盛殓。命军政官取先锋印与叔宝，叔宝穿了先锋衣甲，谢过元帅，同元帅回府。观于秦琼此事，可见凡人只要有真实本领，不患无出头之日。秦琼之得先锋，虽云出罗公抬举，然使秦琼不能战胜伍魁，则罗公亦爱莫能助。此所以人贵自立，而依赖不足恃也。

生死朋友
国韵小小说

生死朋友

　　话说唐朝玄宗皇帝在位，年号开元。此时的宰相姓郭名震，字元振，河北武阳县人氏。他有一个侄儿名叫仲翔，具有文武全才，只因为人豪侠尚气、不拘小节，所以人不敢举荐。他父亲见其年长无成，遂写了一封信，教他到京里去见伯父，求个出身之地。仲翔便领命至京，见了伯父，述明来意。元振道："要求出身不难，但丈夫处世，贵乎自立。纵不能登高科，亦当效班定远投笔从戎，立功异域。方不虚此一生。"仲翔闻言，唯唯听命。时适南方蛮洞作乱，侵扰沿边州县。朝廷特授李蒙为姚州都督，命其调兵进剿。李蒙领了圣旨，临行之际，特往相府辞别，并请教用兵方法。元振道："昔诸葛武侯七擒孟获，但使蛮人心服而已。将军此去，慎重行之，必能得心应手。舍侄仲翔尚有才干，弟意欲叫他同行，俾他辅助将军，立功报国。"李蒙闻言，满口答应。元振遂命仲翔出见。李蒙见仲翔仪表非凡，相谈之下，知其才兼文武，甚为欢悦。即署仲翔为行军判官之职。

　　仲翔辞了伯父，跟着李蒙起程。行至剑南地方，有同乡一人，姓吴名保安，字永固。现任东川遂州州尉，与仲翔自幼同学，十分相得。今见仲翔随了李蒙，带领雄兵浩浩荡荡去剿南蛮，一旦立功回来，名扬万古，不胜羡慕。乃即修书一封寄与仲翔，要他在李蒙面前举荐。仲翔接到了信，一则幼时好友，二则知他才学确在自己之上，便竭力荐与李蒙。李蒙遂备了文书，差人到遂州去，调吴保安充为书记。才打发差人起身，即据探马报称：蛮贼猖獗，逼近内地。李蒙得报，立命星夜趱行。到了姚州，正遇着蛮兵抢掳财物，不及准备，被官军一掩，都四散乱窜不成队伍。直杀得他尸积如山，血流遍野。官军复乘势追逐五十里，方才下寨。仲翔谏道："蛮人贪诈无比，今将军一战而胜，威名大震。宜班师暂回姚州，遣人先播威德，使其诚服来降。不可深入其地，恐中奸谋。"李蒙道："群蛮今已丧胆，不乘此扫灭，更待何时！君勿多言，但看吾破贼可矣。"

次早，李蒙遂下令全军拔寨进发。行了数日，直到乌蛮界上。只见万山重叠，草木茂盛，不知哪一条是去路。李蒙心中大疑，传令暂退，驻扎平原之处。正欲寻觅土人访问路径，忽闻金鼓之声四起，蛮兵漫山遍野而来。洞主姓蒙，名细奴罗。手执木弓毒箭，有百发百中之能。率领各洞蛮人穿林渡岭，分明与飞鸟相似，全不费力。唐兵陷于谷中，且又路生力倦，如何抵敌！李都督虽然骁勇，奈英雄无用武之地，手下将校看看将尽。叹道："悔不听郭判官之言。致为犬羊所侮。"说罢，拔出佩刀自刎而死。于是全军尽没。其时郭仲翔也被掳去，细奴罗见他丰神不凡，问之方知是郭元振之侄，遂与本洞头目乌罗部下。

原来南蛮从无大志，只贪图中国财物，掳掠得汉人都分给各洞头目。功多的分得多，功少的分得少。分得人口不问贤愚，只如奴仆一般，斫柴削草、饲马牧羊凭他驱使，又可转相买卖。汉人到此，大半只愿死不愿生。却又有蛮人看守，求死不得。这一阵厮杀，掳得汉人甚多，其中多有有职位的。蛮酋一一审出，许他寄信到中国来，要他亲戚来赎，以图厚利。你想被掳的人，谁不思量还乡。一闻此事，不论富家贫贱，都寄信到家乡来了。就是各人的家属，除了实在没法想的，只得罢休。若有亲有眷可以借些财帛的，哪一家不想借贷去取赎！那蛮酋忍心贪利，随你孤身穷汉，也要勒取好绢三十匹，才肯放回。若上一等的，益发凭他索诈了。乌罗闻知郭仲翔是当朝宰相之侄，竟高抬赎价，索绢一千匹。仲翔想若要此数，除非伯父处可办。只是路隔万里，怎得寄一信去？忽然想起："吴保安是我知己，我荐在李都督处为书记。幸他来迟，不及于难，此时算来已到姚州，央他寄信，岂不甚便。"乃修书一封，径致保安，书中具道苦情及乌罗索价详细，并言倘念旧日之情，传语伯父早来相赎，尚可生还。不然，生为俘囚，死为蛮鬼矣。写毕，恰好有个姚州解粮官被赎放回，仲翔乘便，就将此书托其带往姚州。但是眼睁睁看他人去了，自己不得脱身，一时万箭攒心，不觉泪如雨下。

且说吴保安自那日奉了李都督文书，便把妻房张氏，和那新生未周岁的孩子，仍留在遂州。自己只带一名仆人，星夜赶来赴任。及至姚州，知李都督已兵败阵亡，不觉大吃一惊。因尚未知仲翔生死，只得暂在姚州，留心打听。恰好解粮官从蛮地放回，带有仲翔书信，吴保安拆开看了，好生凄惨。便写回书一纸，书中许他设法去赎，留在解粮官处，嘱他觅便寄往蛮中，以安仲翔之心。一面忙整行装，向长安进发。这姚州到长安有三千余里，遂州正是个顺路，保安一心为仲翔的事，竟不回家，直到京都，求见郭元振相公。谁知一月前元振已薨，家眷都扶枢回里，不禁大失所望。欲到仲翔家中通知，但是郭家本非富户，哪里拿得出千匹之绢！又值盘川用尽，只得将仆马卖去，权且使用。复身回到遂州，见了妻儿放声大哭。张氏问其缘故，保安将郭仲翔失陷蛮中之事说了一遍。如今要去赎他，无奈自己无力，使他在穷乡悬望，我心何安！说罢又哭。张氏劝他道："俗语说巧媳妇煮不出没米饭，你如今既力不从心，只好付之无可奈何罢了。"保安摇头道："吾自幼与郭君交好，今彼在生死之际，以性命托我，我何忍负之！不得郭君回国，吾誓不独生也。"保安虽如此说，但是倾家所有，估计来只值得绢二百匹，如何济事！遂决意撇了妻儿，出外为商。又恐蛮中不时有信寄来，故只在姚州左近营运。从此朝驰暮走，东趁西奔，身穿破衣，日食粗粝。一分一毫，不敢妄费，都积来为买绢之用。得一望十，得十望百，满了百匹，就寄在姚州府库。眠里梦里只想着郭仲翔三字，连妻子都忘记了。整整在外过了十个年头，不过只凑得七百匹，还未足一千之数。

　　再说保安之妻张氏同那幼年孩子，孤孤栖栖的住在遂州。初时还有人看州尉分上，小意思儿周济她。一连几年不通音信，就没人来过问了，家中又无积蓄，挨到十年之外，衣单食缺，万分难过。只得并几件破家伙变卖做了盘川，领了十一岁的孩儿，亲自问路，往姚州寻找丈夫。夜宿昼行，一日只走得三四十里，及将到姚州界上，盘费已尽。计无所出，欲待求乞前去，则含羞不惯。欲待寻个自尽，又舍不得亲生儿子。进退两难，束手无策。看那天色已渐渐晚下来了，急得张氏坐在路旁，放声大哭。其时适有一位官员，姓杨名安居，是新任的姚州都督，正顶着李蒙旧缺，从长安来赴任。打从这里经过，听得有妇人哀哭之声，忙停了车马，唤来询问。张氏搀着孩儿，上前哭诉道："妾乃遂州州尉吴保安之妻，此孩即妾之子也。妾夫因友人郭仲翔陷没蛮中，欲营求千匹之绢往赎。弃妾母子独往姚州，十年不通音信，妾贫苦无依，亲往寻找。粮尽路长，是以悲泣耳。"安居闻言，暗暗叹道："世间有此义士，恨我无缘识之！"乃谓张氏道："夫人休忧，下官蒙天子任为姚州都督，一到彼郡即差人寻访尊夫。夫人行李之费，都在下官身上。请到前途驿馆中，当为夫人安排。"张氏听说，赶即收住泪珠，称谢不已。杨都督遂起马先行，及张氏母子一步步挨到驿前，早已有驿官奉命伺候。问明来历，即请到空房内用膳安息。次日五鼓，杨都督命驿官备一辆车子，差人夫送张氏母子至姚州驿中居住，又赠钱十千以作零用，一面着人四处访寻吴保安下落。数日后即已寻到，便请他至都督府。安居降阶迎接，亲执其手道："下官常闻古人有死生之交，今于足下见之。尊夫人同令郎远来相觅，现在驿舍，足下且往暂叙十年之别，所需绢匹若干吾当为足下设法。"保安道："我为友尽心，理所当然。奈何累及明公。"安居道："慕公之义，欲成公之志耳。"保安叩首道："既蒙明公厚意，不敢固辞。所少三分之一请即见赐，我当亲往蛮中赎取吾友，然后与妻子相见。未为晚也。"时安居初到任，乃于库中借取官绢四百匹，赠予保安，又赠他全副鞍马。保安大喜，领了这四百匹绢，并存库的七百匹，共一千一百匹之数。骑马直到南蛮界口，寻个熟蛮往蛮中通话，将所余一百匹绢，尽数与他使费。只要仲翔回来，便心满意足了。

却说仲翔在乌罗部下，乌罗指望他重价取赎。初时好生看待，饮食不缺。过了年余，不见中国人来讲话。乌罗心中不悦，便将饮食裁减，每日只给一飧，着他看养战象。仲翔耐不得苦，思乡念切。一日，乘乌罗出外打围，放开脚步，往北而走。那蛮中都是险峻的山路，仲翔走了一日一夜，脚底都破了。一起看象的蛮子飞也似赶来，捉了回去。乌罗大怒，将他转卖与南洞主新丁蛮为奴，离乌罗部二百里之外。那新丁最恶，差使小不遂意，整百皮鞭，鞭得满身青肿，如此已非一次。仲翔熬不过痛苦，趁没人时又想逃走。争奈路径不熟，只在山凹内盘旋，又被本洞蛮子追着拿去，献与新丁。新丁不用，又卖到南方一洞去，一步远一步了。那洞主号菩萨蛮，更是厉害。晓得仲翔屡次逃走，乃取木板两片，各长三四尺、厚三四寸，命仲翔立于板上，用铁钉钉其脚面，直透板内。日间带着二板行动，夜间纳入洞中，洞口用厚木板门遮盖。本洞蛮子就睡在板上看守，一毫转动不得，两脚被钉处常流脓血，如在狱中受罪一般。

话分两头。却说熟蛮领了吴保安言语，来见乌罗，说知求赎郭仲翔之事。乌罗晓得绢足千匹，不胜心喜。便差人往南洞转赎郭仲翔回来，南洞主新丁又引至菩萨蛮洞中，交割了身价，将仲翔两脚之钉用铁钳取出。那钉头入肉已久，脓水干后犹如生成一般，今番重复取出，比初钉时更加痛苦，但见血流满地。仲翔登时闷绝，良久方醒，寸步难移。只得用皮袋盛了，两个蛮子扛抬着，直送到乌罗帐下。乌罗收足了绢匹，不管死活，遂将仲翔交付熟蛮，转送吴保安收领。保安与仲翔多年不见，今日相会，皆疑身在梦中。彼此无暇叙话，乃各抱头而哭。仲翔感谢保安，自不必说。

保安见仲翔形容憔悴、两脚受伤，好生悲感，便将马让与他骑，自己步行随后，同到姚州城内回复杨都督。原来杨安居曾在郭元振门下做过幕友，与仲翔虽未见过，却也闻元振谈及。他是个正人君子，不因元振身故，减了交情。故一见仲翔，非常欣喜。急请他沐浴更衣，并命随军医生医治两脚伤口，数日即见小愈，一月后遂平复如初。吴保安自蛮界回来，方才到驿舍中与妻子相见。当初离家时，儿子尚在襁褓，如今已十一岁了，光阴迅速，未免伤感。杨安居敬重吴保安义气，每每对人夸奖。又写信与长安贵官，称他弃家赎友之事。又厚赠川资，送他往京中补官。凡姚州一郡官府，见都督如此用情，无不厚赠。仲翔仍留为都督府判官。保安将众人所赠分一半与仲翔留下使用。仲翔再三推辞，保安哪里肯依，只得受了。次日保安谢了杨都督，遂带家眷往长安进发。仲翔直送出姚州界外，才痛哭而别。保安仍留妻子在遂州，单身到京，得升补嘉州彭山丞之职。那嘉州仍在西蜀，迎接家眷，极为方便。保安欢喜不胜，遂挈同家眷赴任去了。

再说郭仲翔在蛮中日久，深知蛮中出产珍珠宝石，价甚便宜。乃陆续差人去购，三年中购得珠宝无数。一日持来献与杨都督以报其德。安居笑道："吾念郭相公前情，又重吴生高义，故成其志。若为图报，岂非小人之见！"仲翔道："蒙明公仁德，此身再造，区区之物，不过聊表微意。公若见辞，仲翔死不瞑目矣。"安居见他诚恳，乃令最为钟爱之幼女勉强拣了几件作为装饰，余则尽行璧还。"仲翔见无可再说，把那剩下来的都给予杨公手下心腹的人，以显杨公之德。

时朝廷正追念元振功劳，要录用其子侄。杨安居乃表奏：“故相郭震嫡侄仲翔，始而进谏李蒙，预知胜败。继而陷身蛮洞，备受艰苦。归国之后又在幕府效力三年，宜叙功绩，以酬其劳。”表上，奉旨郭仲翔授为蔚州录事参军。仲翔自从离家到今十载有余，他父亲妻子闻得仲翔失陷蛮中，杳无音信，以为身死。今日忽见亲笔家书，迎接家眷赴任，不胜心喜。即收拾起身至姚州，随同仲翔赴任去了。

　　仲翔在蔚州做官两年，大有名誉。升迁代州户曹参军，又经三载，父亲一病而亡，仲翔遂扶柩回籍。丧葬既毕，叹道：“吾赖吴公相赎，此身即吴公所赐。因有老亲在堂，方谋奉养，未及报答私恩。今亲殁服除，正我报吴公之日矣。”乃亲往彭山县探望保安。不期保安任满以后，清贫如洗，无力赴京听调，即在彭山县居住。三年之前，夫妇患疫双亡，暂葬于黄龙寺后隙地。儿子吴天祐，现在本县训蒙度日。仲翔一闻此信，伤感不已。因穿了重孝，步至黄龙寺后向坟哭拜。祭奠已毕，寻着天祐，将自己衣服脱与他穿，呼之为弟，商议迁保安之柩，归葬故里。次日带领人夫，将墓掘开，但见只存枯骨二具，仲翔痛哭不已。遂将两副骸骨，逐节用墨做了记号，以便归葬时可以点验，装入两个绢囊，总贮一竹笼之内，亲自背负而行。天祐因为是自己父母的骸骨，不应他驮，便来夺那竹笼。仲翔哪里肯放，哭道：“保安为我奔走十年，我今暂时为之负骨，少尽我心而已。”一路且行，且与天祐说保安救他的历史。每到旅店必置竹笼上坐，将酒饭浇奠过了，然后与天祐同食。夜间亦必将竹笼安置停当，方敢就寝。自嘉州到魏郡，凡数千里，都是步行。一日到了武阳县仲翔家中，就留天祐同居，打扫中堂，设立吴保安夫妇神位。买了衣衾棺木，重新殡殓，雇匠起造坟墓，一切与自己父亲之坟无异。另立一块石碑，详记保安弃家赎友之始末。使往来读碑者尽知其事，俾垂不朽。又念天祐未娶，乃择一族中侄女与他为妻，割东边一宅房屋让他居住，并将一半家财分给天祐夫妇。诸事已毕，然后起程入京，补岚州长史，又加朝散大夫。

仲翔思念保安之德，乃具疏奏闻天子，天子览奏，发礼部详议。此事轰动了满朝官员，都说难得吴、郭二人，有如此义气，宜加委用。遂议授天祐为岚谷县尉，仲翔原官如故，奉旨依议。天祐领到文书，遂择吉上任去了。后来郭仲翔在岚州、吴天祐在岚谷都有政绩，两家世代交谊不绝。

朋友为五伦之一，是人人所不能无的，但亦不可滥交。盖今日之所谓朋友者，平时则酒食征逐，非常莫逆。及至遇急难时，他或坐视不救，甚至有落井下石的。你想这种朋友，要他何用！像吴、郭二人，才算是真朋友咧。不但可为吾辈效法，直可为千古朋友的模范了。

马赞报仇
国韵小小说

马赞报仇

语云：父母之仇，不共戴天。人莫不有父母，莫不知爱其父母。如有害其父母者，则必痛心切齿、力图报复。凡有血气者，大抵皆然，何况英雄豪杰之士乎。话说宋太祖开国之时，北汉主刘钧闻知太祖平定各镇，与群臣议曰："昔我先君与周世宗、宋帝共抱大志，逐鹿中原。不幸先君无禄，周世宗亦逝。宋帝于世宗逝后袭取其国。今既削平诸镇，宁肯与孤自霸一方乎？"谏议大夫呼延廷出奏曰："臣闻宋君英武之主，诸国尽已归降，唯陛下一隅之地，兵微将寡，岂能相抗？不如修表纳贡，以保河东，而免生民之祸。"刘钧犹豫未决。忽枢密副使欧阳昉进曰："呼延廷与中国通谋，故劝陛下纳降。堂堂一国之君，岂可屈辱？况晋阳形胜之地，帝王由此而兴。无事则籍民而守，有警则执戈而战。此势在我耳，何必轻事他人乎？乞斩呼延廷以正国法。倘或宋师致讨，臣愿独当之。"钧允奏，令将呼延廷押出处斩。国舅赵遂力谏曰："呼延廷之论，揆情度势，亦是忠言，岂有通谋中国之理？主公若辄斩之，后人何敢发议？若使宋君闻之，声罪致讨，则伐我有词耳。必欲不用，只宜罢其职而遣之。"钧然其言，下令削去官职，罢归田里。呼延廷谢恩而退，即日收拾行装，带家眷向绛州进发。只欧阳昉尚不遂意，立心欲谋杀之。唤过亲随人张青、李得谓之曰："汝二人引健军数百人，密追呼延廷，乘其不备，须尽杀之，回来吾重赏汝。"张、李领诺，即引健军追赶呼延廷去了。

却说呼延廷家众行至石山驿，日已晚，歇下鞍马。是夜与夫人对席饮酒，自叙不幸之事。将近二更，忽听驿外喊声大震、火光连天，人报有劫贼到来。呼延廷大惊，令家人速走。张青、李得率众拥入驿中，肆行杀戮，劫掠财宝而去。只廷妾刘氏抱着幼孩走入厕中，保得性命，余俱惨死。至四更，刘氏叹曰："谁想我家遭此劫数，使我母子何依？"放声大哭。忽有一人从旁问曰："汝是谁家女子？何故在此啼哭？"刘氏泣曰："妾是本国谏议大夫呼延廷偏室，因回归乡里，至此被强人劫杀。一家遇难，只留得妾身与乳子逃于此间，无计可保。"其人听罢，怒愤长吁曰："适间杀汝夫主者，却是欧阳昉亲随张青、李得，假作强人到此。汝宜速抱其子而走，不然，二命难保。"言讫而去。

刘氏乃知为仇家所害。忽驿外喊声又起，一伙强人拥入，将刘氏与幼孩捉去。见一首领，问曰："汝何处女子，抱着孩儿在此？"刘氏曰："妾含冤负屈。"因将一家被害之故，备述一番。首领曰："适夜巡人来报驿中有官宦被劫，我等正要来夺分金宝，不料有此苦事。我观汝茕茕无依，愿为汝安顿居住，抚养孩儿长成，再图后计。"刘氏自思，目前除此亦无他法，即问："大王何姓何名？"首领曰："我马家庄马忠也。"即引刘氏回庄，妥为安置。密遣人去驿中收殓尸首埋葬。马忠原为第一寨主，事毕，即与手下复回山寨去了。

刘氏在马家庄，安心抚养孩儿，以为报仇计。不觉光阴似箭、日月如梭，转瞬六七年，儿已长成。马忠为之取名曰福郎，延请名师，学习兵法武艺。福郎生得面如铁色，眼若铜铃，状类唐时尉迟敬德，且胆勇甚壮、血性过人。年至十四五，走马射箭，技艺娴熟。使一条浑铁枪，有神出鬼没之能。马忠见其雄勇，不胜欢喜。因认为义子，改名马赞。一日随忠出庄，见一起脚夫，扛着大石碑来到，上写道："上柱国欧阳昉"数字。忠见了，愤怒变色。赞曰："大人见此石碑何故不悦？"忠曰："看着欧阳昉名字，大伤吾心。此人十五年前害却呼延廷一家姓命。闻得呼延廷有子尚在，我若见他，当与之同去报仇也。"赞怒曰："可惜孩儿不是呼延廷之子，若是其子，便当即日报仇。"忠曰："此事汝母颇知其详，可入问之。"赞回庄见母，问欧阳昉害呼延廷一家之故。刘氏呜咽涕泣而言曰："我含此冤愤，今十有五年矣，汝正是呼延廷之子。"为之道其始末。赞闻之，昏闷倒地。马忠径入，仓皇救醒。赞哭曰："孩儿今日便去报仇。"忠曰："他是河东权臣，部下军士甚众，如何近得！须用计策图之。待我缓缓设法。"赞拜曰："义父有何计策教我，永不忘恩。"正商量间，忽报邻寨主耿忠来访。马忠即出迎入，坐定，令赞相见。曰："此吾义子也。"乃问耿忠来此之故。耿忠曰："适与强人相争，赢得一匹好马，名曰'乌龙'，将要送往河东，卖与欧阳丞相。因顺道特来相访。"马忠曰："既贤弟有此好马，不如卖与赞儿，就中更有事理。"耿忠曰："吾与兄义虽结契，情胜同胞，兄义子即吾侄也，此马便当相送。"马忠大悦，具酒款待。席上因谈起呼延廷一家被欧阳昉所害，此子是呼延廷亲生，正欲报仇，不得其策。耿忠听罢，愤然曰："兄勿虑，吾有一计可行。"马忠曰："弟有何策，烦指教之。"耿忠令赞近前，谓之曰："汝今只将此马送入欧阳昉府中，称作拜见之物。他得此马，定问汝要何官职。须道不愿为官，只愿跟随相公养马。彼必喜而收留，待遇机会刺杀之，此冤可报也。"赞拜受其计。席散，耿忠醉归山寨。次日赞即拜别马忠、刘氏，上马登程而去。

却说马忠义子呼延赞，离了马家庄，径赴河东。访到欧阳昉府中，说明献马之事。门公传报进去，昉令唤入。赞跪曰："小人近贩得骏马，特来献与相公，以为进见之礼。"昉曰："汝何处人，是何姓名？"赞诡言曰："小人祖居马家庄，姓马名赞。"昉曰："此马价值几何？"赞曰："连城。"昉听罢，因思此人必图做官，令左右问之。赞曰："不愿为官，只愿服侍相公，在府中管理养马事。其荣已甚，不敢有他望也。"昉见赞仪表奇特，言辞清朗，不胜之喜。即收此好马，留赞在左右使唤。赞思欲行事，极意奉承，甚得昉之欢心。时值八月中秋佳节，昉与夫人在后园凉亭上饮酒赏月。昉即醉，从人扶入书院中，凭几而卧。赞随至书院，自思此处不下手，更待何时。正欲拔出短刀，忽窗外有人持灯笼进院，却是管家特来请昉安歇。赞即藏刀入鞘，叹曰："此贼尚有余福，须再图之。"

其时，赵遂以欧阳昉专政已久，恐惹兵端。一日，奏知北汉主曰："欧阳昉之专擅，若不早除，为害愈甚。"会将帅丁贵等并劾之。北汉主乃降昉丞相之职，宣授为团练使。昉耻与赵遂等同列，上疏辞归乡里。北汉主允其请。昉即日收拾行李，领从人离晋阳往郓州而去，不日到家。诸亲眷皆称贺，无官一身轻，昉亦甚乐。时至九月九日昉之生辰，乃备筵宴与夫人畅饮。呼延赞在外，闲坐无聊。将近二更时，独出庭外散步。见月明如昼，西风拂面，仰天长叹曰："本为父母报仇到此，不遂其志，苍天能无怜念我耶。"不觉意兴索然，挥泪入房，偃身而卧。忽窗前起一阵怪风。赞睡中见许多人满身鲜血，走向床前，对赞曰："汝父母被欧阳昉所害，今日可以报仇矣。"赞听得，忽然惊醒，正是一梦。犹疑未定，忽从人来叫："马提辖，相公有事唤汝。"赞即藏利刃径入书院，见欧阳昉睡在床上。昉曰："吾饮数杯，宿酒未醒，汝在身旁好生服侍。"赞应喏。因自忖曰："此贼今日命合休矣。"约近四更，走出院外，见四下寂静。赞怒从心起，腰间取出利刃，寒光凛凛、杀气腾腾。复入书院，拿住欧阳昉曰："汝认得呼延廷子否？"昉从醉梦中惊觉，吓得魂飞胆裂，连告曰："饶我一命，家私尽归于汝。"话声未绝，利刃突入咽喉，欧阳昉大痛无声，命归阴府。赞既杀昉，径入内室，将其家人亦皆屠戮。临行以血书四句于门曰：

志气昂昂射斗牛，胸中旧恨一时休。

分明杀却欧阳昉，反作河东切齿仇。

　　呼延赞写罢，骑了乌龙马，连夜回见其母，具道杀欧阳昉一家事，刘氏大喜。次日与马忠相见，并告以临行留有字迹。忠问曰："字迹如何？"赞以诗告之。忠惊曰："倘汉主得知，则吾家有灭族之祸。汝速宜收拾盘费往贺兰山，投耿忠、耿亮二位叔叔，以避其难。"赞领命，即日拜辞而去。

　　其时，北汉政令不修，山泽之间，群雄崛起。如耿忠、耿亮之踞贺兰山，此外尚有马坤踞太行山。马忠为第一寨主，尚有张吉、罗清、柳雄玉、李建忠等并为各寨主。当时呼延赞径投贺兰山，见耿忠、耿亮，述明避难之意。忠曰："我等屯聚于此，以观时变。汝既来，则应同为寨主。"赞因建议曰："河东旁郡，多有钱粮，愿借我军士三千，往绛州劫掠而回，可应十年之用。"忠笑曰："绛州是张公瑾镇守，此人甚骁勇，未可轻视。"赞决意请行，忠不得已许之。赞率三千军攻绛州，为公瑾设伏败退。赞不敢还，单骑误走入太行山下。至夜，人马困乏，为马坤部下巡逻所获。坤令用槛车囚送绛州请赏。槛车解出山下，喽啰议曰："我大王与八寨大王有隙，倘夜分被八寨夺去，我等何以自解？不如在此权住一宵，明日早行。"因即止宿。不料八寨李建忠前入西京被捕，系狱四年，适越狱逃回，过此憩息。闻喽啰语，因思："呼延赞世之勇士，何以被擒？吾当救之。"乃提刀直入，大叫曰："我八寨李建忠也，谁敢监囚赞将军者休走。"众喽啰惊散而去。遂放出呼延赞，次日携回山寨。寨主柳雄玉闻之大喜。雄玉语建忠曰："自兄去后，部下单弱，六寨罗清常来欺侮。"建忠大怒曰："此贼再来，吾当生擒之。"忽报罗清引众已到，赞谓建忠曰："乞借鞍马衣甲，俾赞去擒罗清。"建忠喜曰："吾知兄定能制若也。"赞下山斗不数合，果擒清以归。清之败众报第五寨张吉，吉率众来攻。赞复斗，刺张吉于马下。败兵走投太行山报马坤，坤大怒，令长子华攻八寨，赞亦擒之。又令次子荣进，为赞刺伤而回。坤有女名金头娘，出与赞战，诈败以诱之。赞窥其计，亦不能胜。会赞之义父马忠过太行山，招赞往，谢罪修好，坤以女妻赞焉。至是各山寨群服赞之武勇，赞亦负大志，不愿以山寇老，专在寨中训练士卒，以待招安。时值宋太祖征伐河东不利而回，车驾由潞州起行，至太行山驻扎。呼延赞与李建忠议曰："吾与河东有切齿之仇，今当下山拦宋帝驾，求衣甲三千副、弓弩三千张，备寨中演习。待帝再下河东，充为先锋，建功中国，岂不胜于为寇乎！"建忠然其言。赞遂引众下，宋诸将与战，均不能胜。太祖嘉其雄勇，允给衣甲弓弩如数。赞大悦拜受，谢恩请罪。太祖班师而回。太祖宾天，太宗即位，遂诏呼延赞、李建忠入朝。建忠以河东尚未统一，不得不留守山寨。赞即随使入朝。

北汉主刘钧闻太宗既立，招伏太行山呼延赞为将，乃集文武商议曰："昔宋太祖曾攻我河东，未能得志。今彼新君初立，必有远图。河东之忧，其能免乎？"丁贵奏曰："往年预备未周，使敌兵长驱直入。今军士蓄锐有年，兵甲坚利，宜下令各边关将帅严设堤防，勿使宋兵轻进，为长守计。我逸彼劳，劳而无功，自不敢正视河东矣。"钧然其奏。下令讫，又于晋阳城中，深沟高垒以自卫。消息传入汴京，太宗会群臣议征河东之策。杨光美奏曰："河东设备坚完，未可猝下。陛下果欲图之，须乘彼有隙，然后进兵，方可成功。"太宗沉吟未决。曹彬进曰："以国家兵甲精锐，翦太原之孤垒，如摧枯拉朽，尚何疑焉？"帝意遂决。以潘仁美为北路都招讨使、高怀德为正先锋、呼延赞为副先锋、金简八王德昭为监军，统十万精兵，御驾亲征。以国事付太子少保赵普暂理，以郭进为太原石岭关都部署，以断燕蓟援师。

分遣已定，车驾离汴京往河东进发。兵至怀州，李建忠等率众来会，太宗并用之。次日大军抵天井关，守将铁枪邵遂自恃其勇，开关迎敌。呼延赞出马交锋，二十余合未分胜负。赞欲生擒遂，伪败走回。遂纵马追来，赞觑其近，回马大喝一声，将遂擒获。高怀德驱兵直入，袭破天井关，斩邵遂首级号令。次日兵到泽州。守将袁希烈与副将吴昌议战守之计，昌主先出战，不胜则闭城坚守，希烈从其言。昌出战，赞迎之，才一交锋，宋兵鼓勇而进，北军先自扰乱。昌知不敌，不敢入城，拨马绕汾涧而走。赞骤马追之，昌陷入汾泽中，为赞所获，太宗下令攻城。希烈大惊。其妻张氏，绛州张公瑾之女也，有勇略，谓希烈曰："宋兵势大，须用计败之。君明日先部兵出战，佯输引入丛林，吾埋伏射卒于此待之，四下返击，必获全胜。"希烈用其计，次日部精兵六千出城迎敌。呼延赞先出战，至二十余合，希烈勒马便走。赞追之，误入丛林，伏兵齐起、万弩俱发。赞知中计，急勒马回，遇张氏阻住交战。赞慌乱，被其刺中左肩，不敢恋战，冲围而走。希烈与张氏合兵返击，大胜一阵。赞归至军，与妻马氏计议。马氏曰："彼能用计，我亦能用计，当以计取其城。今宜诈称将军受伤甚重，按兵不战。却令老弱之众，日于汾水洗马，似作回军之状。彼必思乘我之隙而攻之，吾与君预伏精兵于城东高阜，先通知高将军应敌。俟其交锋时，我等乘虚捣入城中，则泽州唾手可得矣。"赞从其计，果得泽州。希烈战死，张氏奔绛州而去。

翌日大军进抵接天关。守将陆亮方固守不出，呼延赞抄出关后，前后夹攻破之。宋兵抵绛州，守将张公瑾知势不可为，开城迎降。太宗下令诸将进攻河东。刘钧寝食俱废，亟集文武商议。文臣宋齐邱及武将丁贵等曰："宋兵势大，只得婴城拒守。"宋师连攻数日不下。潘仁美分遣诸将筑长围攻击，金鼓之声达于内外，城上矢石交下如雨。丁贵等欲舍死抗敌。太宗以太原久围不下，亲至军前，督战益急。高怀德、呼延赞等分门紧攻，城堞皆崩，杀伤甚重。太宗手诏谕汉主出降。刘钧见势倾危，亟召诸臣议曰："吾刘氏在晋阳二十余年矣，何忍祸及百姓。若不即降，必有屠城之惨，不如投降以安百姓。"群臣闻之，无不下泪。忽报国舅赵遂已开北门放宋师入城。刘钧哭入宫中，遣李钧赍印绶文籍，奉表乞降。太宗下诏许之。车驾进北门城台，设宴奏乐，刘钧率宫属缟衣纱帽待罪台下。太宗赐以袭衣玉带，召使登台，汉主叩头谢罪，请车驾入府。百官香花灯烛迎接太宗升殿，坐定，百官皆拜降于殿下。河东悉平。至是呼延赞大仇已报，并得为宋朝上将，名垂千古。

评曰：呼延赞之报仇，可谓至矣。欧阳昉谋杀其父与其家人，彼亦手刃昉与其家人以报之。北汉主用昉言罢其父官职，又不能察昉谋杀之罪，置之于法，以致烈士冤愤，愈蓄愈深，一朝发泄，祸及国家。虽汉之灭不尽由此，而读稗官小说者不能不因而太息焉。且太原胜地，实产英雄。如赞者，有胆勇，血性过人。史载赞遍文其体为赤心杀贼字，至于妻孥仆使皆然。诸子耳后别刺字曰出门忘家为国、临阵忘死为主等语，亦可见赞之概略矣。北汉不能抚而用之，以资敌国。终至半壁河山，不克自保。虞不用百里奚而亡，秦穆公用之而霸。惜哉！

陈琳救主

国韵小小说

陈琳救主

话说宋朝真宗天子自登基以来，国有贤臣，民皆乐业，因此真宗安享帝王之福。但是千秋四十，龙子尚缺，不免常常忧郁。这年东宫刘娘娘、西宫李宸妃同时怀孕，真宗大悦。暗思若果产生太子，固是大喜，就是男女俱生，也达了儿女兼全的幸福。谁知两宫将至分娩，忽北番契丹兴兵作乱，守关众将纷纷败逃，因此飞奏告急。真宗闻报大惊，急召众文武商议。当有左相寇准出班奏道："契丹兵精将猛，既破定州，必攻大名。现在人心惶惶，大局危险。伏乞陛下御驾亲征，方可驱除贼寇。"言未毕，资政学士王钦若奏道："寇准之言，不可深信。契丹兴兵，不过虚张声势，边关守将胆怯无能。我主若选派良将，克日征剿，契丹不难扫灭。岂可轻万乘之尊，去就疆场险地。"真宗犹疑未决。太尉高璟急出班奏道："不然，倘大名失守，澶州四面受敌。愿陛下依寇准之言，早日兴兵，驱除贼寇，天下幸甚。"真宗深然其说，遂决意出征。即日点集大军，预备起行。忽内侍报道："两宫娘娘同时产生太子。"真宗闻奏，忧喜交集。意欲还宫看视，奈大军已集，边患又急。遂传旨立时起行。自此真宗天子征讨契丹，相持至十余年，方得平复。

却说东宫刘娘娘当时生产，本是公主。因闻李宸妃产生太子，一时心中不平，遂使内侍伪称公主为太子，奏知真宗。后来想道倘真宗得胜还朝，如何是好？乃复忧惧。内侍郭槐见娘娘愁闷，遂乘间叩问。刘娘娘知郭槐为自己心腹，便将生公主伪称太子之事说知。郭槐听了道："娘娘勿忧，奴才倒有一计，管教永无后虑。"娘娘忙问何计。郭槐近前道："要除后虑，必须如此如此。"刘娘娘大喜，果然依计而行。遂即日伪作殷勤，邀请李宸妃饮宴。乃暗将太子换来，交与寇宫娥，令她黑夜投入金水池中。寇宫娥领旨，抱着太子来至御花园，心中伤惨。不意太子初生，无端惨死。正在踌躇，恰巧老公公陈琳走来。见宫娥怀抱一儿，便上前问是何人。宫娥知陈琳素日忠正，遂将刘娘娘与郭槐定计谋害太子情事说了一遍。陈琳大惊，说："现今八贤王命我采花送与狄王妃，今太子有难，不可不救。依我先将太子装入花盒，救出宫外。你只说已投金水池中，漂流出去。"宫娥听了，欢喜依允。陈琳将太子装在花盒，飞步出宫，送到八贤王府中，说知备细。八贤王听了大怒，无奈真宗出征未还，因此也不便声张。只将太子当作亲生，交与狄妃抚养。次日刘娘娘正要探听李妃失了太子情形，忽内侍报说李宸妃昨夜潜逃，寇宫娥投金水池自尽。刘娘娘闻说大惊，急问郭槐。郭槐道："这明是寇宫娥泄露前情，密告李妃，使她潜逃，自己畏罪投河。但不知太子何在？"刘娘娘听了愈疑，但事已如此，也就无可如何了。却说八贤王名曰德昭，本真宗天子嫡亲手足。太宗皇帝传位于真宗时，同时封德昭为燕王。燕王为人谦和大度，因此人皆称为八贤王，王妃狄氏也贤惠有德。自从陈琳救了太子送来，遂取名曰受益。次年狄妃又生一子。八王大喜，就一同抚养。真宗天子出征契丹，转瞬已十一年，方与契丹讲和罢兵。及回朝时，闻八贤王已薨。真宗不胜伤感，遂赐谥曰忠孝王。忠孝王长子，原是太子，但真宗不知，狄后亦不敢奏明。故此真宗到老无子。又听刘娘娘诳奏，痛恨十一年前火焚碧云宫，怜念李妃母子遭难。常思自己年将花甲，精力日衰，倘有不测，何人继位？"遂决意册立八王长子受益为太子，改名曰桢。是年太子已十四岁，又加封狄王后为太后，使八王次子袭受父职。于是群臣朝贺，大赦天下。次年真宗病笃，御医束手，数日遂崩。百官举哀，遍告天下。太子桢即位，是为仁宗。当时尊刘娘娘为太后，狄太后亦迎入宫中，与刘太后共辅仁宗，平治天下。

仁宗即位第三年，陈州一带蝗旱为灾，五谷不收，民皆饥馑。仁宗恤民心切，钦命龙图阁学士包拯到各处采买粮米，运往陈州放赈。包公遵旨，到了陈州平价粜粮、严禁奸商囤积，因此救活饥民数十万，众灾民无不感颂皇仁。包公赈灾已毕，起身回朝。一日行至赵州，乘轿前行。方欲过桥，忽地卷起一阵狂风，将包公纱帽吹落。左右急捧起奉上，包公戴在头上。便问手下人张龙、赵虎，前面何处？张龙、赵虎禀道："前面乃是东岳天齐庙。"包公即吩咐进庙暂歇。庙里道人闻包公驾到，一齐出来迎接，引入客堂献茶。包公问道人此庙近处有多少村庄。道人回道："近处只有零星农户，并无村庄。"包公又问："此处近来有奇闻异事吗?"道人听了，一齐禀道："小道等不曾闻得有甚异事。"包公点头，即唤张龙、赵虎吩咐："方才狂风吹吾帽落，其中必有缘故。今差汝二人前往赵州桥一带访查访查，如有甚冤枉不平之事速来回报。"张、赵领命出来。张龙叫赵虎声："兄弟，我们大人又要作怪啦。这风吹帽落也是常事，如今又叫我们访查，访不成，还不找几个钉子碰碰吗。"赵虎道："大哥，我想大人必是行路烦闷，又拿我们开心啦。依我说咱们找出地方，叫他寻几件闲事回去，搪塞搪塞就完啦。"张龙道："一件还没有，你要找几件，岂不是做梦吗!"两人谈谈说说，正往前走，忽又一阵大风，把赵虎帽子吹到半空，飘摇不定。二人忙上前追赶，看看落到桥上，恰恰有一贩青菜后生肩担过桥。见一帽从半空飞下，即去拾起观看。张、赵二人早已赶到，两人一使眼色，不容分说，便把那后生紧紧捉住。那后生吃了一惊，忙道："何事捉拿小人?"张龙笑道："贼奴你杀了人，还不快快招吗?"那后生听了这话，吓得面无人色，抖作一团。忙跪下央道："上差休要取笑，小人是安分良民，从不为非作歹，快快放我去吧。"赵虎喝声："胡说，好人歹人，我等也不晓得，你自去见包大人便了。"说罢，不管三七二十一，两人拉拉扯扯，推拥着投奔东岳庙而来。后面有许多百姓，纷纷说道："这后生郭海寿清贫度日，守分安生。每日贩卖青菜，养活老娘，极是孝顺。今日捉到官里去，他那老娘还不饿死吗！"内中又有一人，更是不平，便嚷着说道："郭海寿素日清贫纯孝，今被恶差无故拘拿。我等当跟了去，面求包大人，保他出来。"话未说完，众人都说我等愿去。于是跟了张、赵二人，一同来投东岳庙。包公见张龙、赵虎捉来一人，跪在地上。便问："你姓甚名谁，家住哪里，素日作何生理？从实说来。"海寿禀道："小人姓郭名海寿，家有老娘，住居土窑。素日贩菜为生，赚几文钱，养活老娘。"包公细看此人面貌良善，不似匪人。便问张龙、赵虎："汝二人何故将他捉来？"二人上前禀道："大人因昨天风吹帽落，叫小人出去访查。不想今日小人走至桥上，又来一阵怪风，把赵虎帽子吹到半空。小人赶上，见这帽被郭海寿拾起观看。小人因此疑心他必非好人，故此捉来，听候大人发落。"包公暗想："这也奇怪，吾帽吹去，赵虎帽亦被吹去，又落在郭海寿手中。莫非其中果有缘故？"正寻思间，忽然下人王朝、马汉近前禀道："庙外有一群百姓，要求见大人。"包公教唤进来。众百姓一齐跪下禀道："小人都是此间农民，今见大人捉来郭海寿，不知何故？这郭海寿实是安分良民，又且孝母。只求大人开恩，将他放了。"包公一想，这人定是良民，不然，哪有许多百姓赶来求保。便吩咐众人："郭海寿既是好人，吾即准汝等保释。"众人大喜，叩谢包公。包公又唤郭海寿道："汝既是良民，又且孝母，吾手下人错拿了你来。我今赏汝白银五两，你拿回家中奉母，以后更要安分。"众人见包公赏了郭海寿银子，一齐都道："无怪人说包青天，真是名不虚传。"遂又叩谢了包公，带了海寿出离庙中。海寿谢过了众人，拿着银子，回家对老娘说知。娘道："儿呀，拿你的这官长，他姓什么?"海寿道："听得人说，他叫什么包青天。"娘道："他姓包吗?"海寿道："是的。"娘道："果然是的。吾儿快快前去对他说道，为娘要请他到我家中，有话言讲。"海寿一听，惊惶说道："娘呀，你老莫要糊涂。那包大人天神一般威风，哪能到我们这土窑里来！快别胡想啦。"娘道："吾儿休得多言，你只依我言语前去请他，说道为娘有话，必要唤他来见。"海寿还只畏惧不去。老娘怒道："儿呀，你竟敢不尊娘言吗！"海寿见娘发怒，被逼不过，只得来至东岳庙，向张龙、赵虎说过，张、赵二人笑道："你娘敢是疯了不成，包大人乃朝廷大臣。岂能到你那破窑里去！你快回去，不要惹得没趣。"海寿又苦苦央道，务求上差回禀一声，倘大人见罪，自有小人承当。张、赵二人被央不过，又敬重他是孝子，只得禀知包公。包公自忖："谅这老妇必是有些来历。不然，焉敢冒昧请吾。"遂吩咐打道前往。海寿得知，先跑回对娘说道："包大人果然来了。娘呀，仔细着，不要连累了孩儿。"娘道："儿呀，你将那条破凳摆在当中，扶为娘的端正坐了。"

　　少时，包公大轿已到。张龙、赵虎来说："包大人已到，婆子你还不出去迎接。"老娘道："你唤那包拯进来。"张龙、赵虎听了，倒吃一惊，说这婆子真是疯了。包大人官名，除去当今万岁，谁还敢叫他一声。老娘道："休得乱言，速速唤他进来。"二人无奈，只得禀道："这婆娘请大人进去讲话。"包公至此，也很惊疑。寻思既已至此，便当进去，且看他如何，遂下轿进入窑中。只见那老娘双目失明，手扶拄杖，端坐当中一条破凳上。包公近前说道："婆婆你请吾来，有何话讲。"婆娘道："你果真是包拯吗？"包公闻婆娘直呼自己名字，更觉诧异。便答道："吾是包拯，你有何话讲？"婆娘道："如此你且近前来。"包公果然近前。那婆娘盲目向天，立起身来，举手向包公脑后乱摸。包公吃惊，却又不躲，由她摸索。忽那老娘大呼："包拯，你果真是包拯！天哪！吾廿载冤仇，今日可要拨云见日了！"说罢，放声大哭。包公此时，愈觉惊疑不定。少时婆娘止泪，方呼海寿拿过矮凳，让包公坐下。包公便问有何冤屈，速速说来。婆娘道："包大人尔乃忠正大臣，审理民间多少冤枉。吾今告汝，吾本非平常百姓，吾乃先帝西宫李宸妃。只因十八年前，吾与当今刘太后同时怀孕。其时真宗天子，正欲往征契丹。临行时适吾产生太子，谁知刘娘娘亦同时产生公主。那刘氏奸人，闻知我生太子，心怀不平。与奸贼郭槐定下一计，假意请吾饮宴。

我哪知他有奸谋，遂抱太子同往。及至宴罢，我问太子何在？那刘氏说太子欲睡，已令人送回碧云宫，我亦不疑。后我回宫，宫娥对我说刘娘娘有旨，太子安眠，不准惊动。我当时也想小儿安眠，不宜惊觉，还十分感念她的美意。谁知候至多时，不见醒来。是我放心不下，轻揭锦被一观，登时吓得我晕厥。后来苏醒，方听宫娥说道，太子已经失踪，锦被中乃一剥去皮尾的死狸猫。其时我心如刀割，悲痛欲死。正在无计，忽见寇宫娥踉跄奔至，哭向我道：'刘娘娘与郭槐定计，用狸猫换取太子，将太子交与奴婢，教奴婢黑夜投入金水池中。奴婢良心不忍，正在为难，幸遇陈琳，密将太子救出宫中，送到八王府安置去了。'这奸贼心还不死，又定那日半夜火焚碧云宫将我烧死，斩草除根。因此宫娥窃得金牌一面，使我改装潜逃，投奔八王府去。可怜我自幼生长皇家，娇贵已惯，逃出之后，哪识路途。正在徘徊，忽听后面呐喊。经此一吓，又复晕倒，跌入一家门内。原来这家姓郭，只有孀妇一人。年前夫主弃世，幸遗六甲在身。这郭氏为人慈善，将我救入屋中，用心调养。后来问我来历，我恐泄露真情又遭毒手，乃假称夫亡，翁姑逼嫁，故此逃出。郭氏心怜我苦，留养在家，情同姊妹。不到半年，郭氏产子，一病而亡。我感郭氏之恩，抚养其子，认作亲生，即这郭海寿是也。"海寿听至此处，暗想原来他不是我娘，我娘已死。站在一旁，频频弹泪。婆娘又道："谁知福无双至，祸不单行。一日邻居失火，延至吾家，救护无方，家财都烬。从此携领吾儿，沿门乞讨。报仇心切，饮泣偷生，泪竭血枯，双目遂瞽。多亏此子天性至孝，伴养廿年。闻说真宗归天，吾儿嗣位。我这廿载冤仇，全仗贤臣昭雪。"说罢执包公之手，放声大恸。包公至此，方知这婆娘原是李宸妃，实即当今之国母。忙跪地上说道："臣前事不知，致使国母受此磨折，臣之罪也。"李后道："贤臣休如此说。吾久闻人言，贤臣脑后有异骨，秉性忠正，方敢诉说。望贤臣即日还朝，奏知皇上。看我那不孝之儿，认也不认。"包公复奏道："臣定当回朝启奏。但此事圣上当年幼小，实系不知。倘不信臣言，不知国母有何凭信，能使圣上不疑。"李后道："此事不难。吾儿降生后，左右两手有山河二字血纹，即此是证。"包公听了默然。遂叩辞李后，预备回朝。到了庙中，传集地方文武，说明此事，吩咐用心保卫。众文武大惊，急择大房改饰行宫。又备锦绣衣裳，恭请国母更换入城。怎奈李后不允，执意不出土窑。只吩咐众官，休得惊疑，各归本任，众官哪里肯去。李后见众官惶恐伺候，遂切实谕道："老身遭难，本非汝等所知。吾困守寒窑，已经廿载，不愿迁居。今只略备素食，供吾两膳，吾已欣悦。他事则皆不必。"众不得已，只得依命。

却说包公进京，次早随朝面圣，奏过放粮之事。诸臣无事渐退，包公复近前奏道："臣有秘奏，乞陛下屏退左右。"仁宗准奏，即问："卿有何事？"包公向前跪下奏道："陛下身登九五，知否身自何来？"仁宗闻奏惊异，说："朕身何来，卿在朝居官，焉得不知！"包公奏道："愿陛下恕臣无状，请示臣知。"仁宗素知包公忠正，故亦不甚嗔怒。遂说道："朕嫡母刘太后，生母乃狄太后。今举国皆知，卿岂不晓。"包公俯伏奏道："乞陛下赦臣之罪。据臣所知，陛下实非狄太后亲生，陛下尚有亲生之母。但含冤廿载，昭雪无由。今幸臣已查明，不知陛下准臣实奏否？"仁宗至此，愈加惊异。乃曰："卿既详知，速速奏来。"包公承旨，遂将误捉郭海寿，遇见李宸妃一切详情，逐一陈奏。仁宗听罢，含泪道："事果如此，究当如何？"包公奏道："愿陛下秘宣陈琳一审便知。"仁宗便宣到陈琳，命包公一旁侍立。便问陈琳："朕幼遭大难，幸汝拯救，何故不早奏明？现在朕已查明，汝可将当日情形，详奏勿隐。"此时陈琳年已九十，在宫养静，久未朝见。今忽宣召，已知必问此事。当时陈琳伏地涕泣，口呼："圣主，非是奴才隐瞒。实因刘后在朝，不敢多言。且恩主李后又不知下落，故奴才隐忍至今。"说罢泪落如雨。仁宗至此，也不禁悲泣。陈琳乃复将刘后、郭槐当年秘计，以及救出仁宗，寇宫娥计救李后、自己殉难等情一一奏知。仁宗听了大恸。包公忙上前谏止道："陛下不可如此，倘一泄露，恐有他变。"仁宗止泪问道："依卿当如何？"包公道："臣意请陛下先秘问狄太后，待狄太后说明，然后降旨拿郭槐交臣审问。一面陛下亲至陈州，迎接国母还朝，以尽孝养。"仁宗准奏，遂退问狄后。狄后知事已泄，遂不敢再隐，一一告知仁宗。仁宗立时降旨，驾幸陈州迎接李后。一面使包公拿郭槐审问。当日刘太后正与郭槐对弈，忽见侍卫多人进宫，即命宫娥阻问。侍卫回说："今奉圣旨，传郭槐问话。"刘后心疑，便强颜喝道："不奉吾旨，谁敢带吾近侍。"侍卫见刘后发怒，不敢上前。包公在后，喝令将郭槐拿下。侍卫遂不容分说将郭槐拥出。刘后大怒，问汝何人，敢在吾前放肆！包公厉声道："臣包拯。李宸妃事已发，今奉旨拿郭槐审问。"刘后闻言，惊了一身冷汗，一时几乎晕去。宫娥急扶归寝宫。刘后惊定，自思："廿年冤孽，吾只道消灭，谁知李氏尚在。吾尚有何面目再见皇儿！唉，天理昭彰，循环不爽。吾今日唯有一死，以谢先帝。要知人若毒狠，实即自取灭亡。"想罢，命宫娥退出，遂自缢于寝宫。次日，宫娥见刘后缢死，自有一番惊惶，不必细述。却说包公拿到郭槐，带回衙中，即吩咐押入大牢，严禁外人看视。

包公乃随仁宗往陈州迎接李后。不一日来到陈州，仁宗命包公先去启奏李后。包公带领张龙、赵虎来至土窑，见土窑以外，悬灯结彩，土窑以内，仍未改旧观。遂叩见李后，将进京之事约略奏明。李后大喜。包公又道："今圣上已到，请慈后更衣。"李后道："吾衣虽破，乃吾义子血汗得来。待吾儿到来，好使他知娘廿年的景况。"包公知李后不允，也无可如何。少时仁宗驾到，包公迎出，引仁宗入窑。仁宗见李后衣敝发蓬，容颜憔悴，不觉热泪奔流，上前唤声"母亲"。李后闻呼母声，便盲目四顾。叫："儿呀，我母子今日相见，真耶梦耶？"说罢枯声发恸。仁宗近前跪下，握着李后双手，泣不成声。海寿与包公旁跪，也一齐堕泪。久之，包公劝住李后，仁宗方止泪。包公乃退出。当有带来宫娥服侍李后更衣。李后又指海寿向仁宗说道："此吾义子郭海寿，为娘若无此子孝养，老命久赴黄泉。吾儿久后不可忘他。"仁宗乃深加感谢，海寿惶恐谢恩。当日仁宗便奉李后出窑还朝。沿途接应，自不用表。

不一日仁宗等到京入宫，内侍等叩见李后毕，乃奏说刘太后于圣上起驾之日，自缢寝宫。仁宗听了，默然无言。随传旨着削去刘太后封号，照妃嫔例发丧，不准葬入陵寝。李后闻知，乃劝道："刘妃谋害为娘，幸苍天福佑，未遭毒手。她既知罪自尽，吾儿亦不必过责。可仍照后礼葬她为是。"仁宗道："儿非因母后贬她，实因她欺蒙先帝，难以饶恕。焉能使入陵宫，以渎先帝之灵。"李后亦嗟叹而止。次日，众官上表称贺。仁宗降旨大赦天下，并免陈州十年之粮。重赏包公、陈琳，敕封郭海寿为王。将郭槐凌迟处死，又重殓寇宫娥，葬以妃礼。赏罚已毕。唯李后双目失明，仁宗昼夜忧虑，乃诚心祭天，每日以舌舐李后之目。果然纯孝感天，过了数日，李后双目居然复明。当时举国之人皆谓仁宗至孝，方能感格天心，如此之速！又莫不称扬陈琳之功不置也！

龙图奇案

国韵小小说

龙图奇案

话说宋朝仁宗时，有个进士姓包名拯，为人忠孝谅直。做过几任知县，又升了开封府知府，后来做到龙图阁直学士，人人便称他为包龙图。他做官清正，铁面无私。不论王亲国戚，犯了罪一例要按法办去，不饶他丝毫。那时犯罪的人，遇着别个县官，毫不畏惧。县官有贪钱的，便使钱去买动。有畏势的，便去奉承权门。要得片纸只字叫他释放，即有了天大的罪孽，也便逍遥法外。若遇到包龙图手里，便不行了。且包龙图明若青天，料事如神。遇到案子，凭你什么隐晦离奇的，一经查究，便见个水落石出，定案不摇。所以那时的人，莫不敬爱包龙图。有两句歌儿称扬他道：阴间有阎罗，阳世包龙图。以为阴间的阎罗王赏善惩恶，凡人所做的善恶都瞒不了他。拿来比方包龙图。现在的人，尚有说包龙图死去做了阎罗王呢。

且说包龙图做官时审公案，实是可爱可敬。今且将大小案情举两三件，说与大众听听。有一回包龙图在做天长县令的时候，有个乡人名胡四者，家里养只水牛，耕田时用以车水犁土。胡四的大财产，也全在这牛身上了。每日早晚，便亲自去喂食。一日去喂食料，见他这只宝贝却在地下乱颠乱滚。胡四当是牛在地下玩，就往前去捉住牛角，把菜饼送近牛的嘴边。但见那牛嘴里，点点红血不住地流下，胡四心中甚是诧异。想道，莫非牛也要吐血？忙把两手捧住牛嘴，挖开一看，见牛满口鲜血，却不见了牛舌头。胡四又是痛惜，又是着急，恸哭一场，便来县里包龙图案下告了一状。包龙图看了状子，心想："那割舌的人，得此小小牛舌头何用？"忽而想得了缘故，忙坐了堂。胡四哭哭啼啼，前来跪下道："乡人这牛视同性命，一生衣食所仰仗的。还求青天查究。"包龙图道："你不须惊天动地的招摇，回去暗暗将那牛宰割了卖钱。卖了的钱就是你的赚钱，我方贺你发了财，何以还在这里哭泣！"胡四不知所云。忙道："小人死了牛，饭多没吃呢，哪里还得发财！"包龙图喝道："快快退去。如命而行，不得有误。三日以后，本县还你一只活牛便了。"胡四允命，回去宰了牛，称斤估两的卖了。得钱倒也不少，只不够买一只活牛。正是伤心，又想到三日后还有活牛可领，将信将疑，一心盼望第三日，便见分晓。

却说包龙图一日按看状子，忽见一本状子，是乡人陈二告胡四暗杀耕牛事，有犯禁例。因我国古时最重的是崇德报功。凡有功的人，死了都奉祀。有功于人的物，不杀不食。国家定有禁令，法典列为专条。这牛是有功于人的物，所以除非遇着国家大祭祀是不准杀的，否则科罚定罪。当下包公把状翻过，即上堂命带陈二前来问道："胡四是你何人？"陈二道："是小人紧邻，故小人亲见宰牛是实。"包龙图拍案喝道："好个混贼，割了人牛舌，又来告他的状。"急命左右按倒陈二，重打二百。陈二听见他割牛舌的事被包龙图晓得，不敢抵赖。便招承道："胡四往日不肯借钱与小人，所以小人恨他，做得此事。还求青天饶恕。"包龙图道："你既割死胡四的牛，你须赔他活牛一只。你要想害人，罚你监牢三月。"判定。陈二不敢回拗，奉命赔牛。胡四盼到第三日，一早进城到县衙，见得了赔牛，欢天喜地，叩头谢恩而去。正是塞翁失马，安知非福。护弱锄强，还仗清官。

还有一回。包龙图亦在知县任上。乘舆过市，见一童子在道旁石上坐着哭泣，手中提着一个空篮。包龙图停舆问道："童子何为？"那童子跪着道："小的以卖油炸烩为业，今日卖完得钱二百放于篮内，要去买米的。因脚没了力，把篮在石上放着。略坐一刻，正要起身，那篮中的二百文已经失去。"说着又哭起来。包龙图道："你钱既是放在篮内，篮子又放在石上。没了此钱，定这石头偷的。"忙喝公人，把这石头抬到县里审去。那时满街人民，传说包青天要审石头案了，个个称奇道怪，都来县里听审。包龙图上了堂，将石头放在案前问道，石头，你偷人钱。命左右重打四十板。只见两个公人上堂打石，不多几打，已经梃断棰折。那堂下几百个听审的百姓，不禁哄堂大笑起来。只见包龙图不但不笑并且拍案大怒道："你们好无规矩，在公堂上这样大惊小怪。命公人将大门关住，罚众人坐监牢三日。"那众百姓吓得屁滚尿流，都跪下求饶。包龙图道："饶也使得，但须各人拿出二十大钱，便放他出去。"当下包龙图命公人抬上一缸水来，放在案前。那堂下百姓个个上来缴钱，即命他投入水缸内。接连两个都太平无事，放了出门。第三个上堂，投钱入水，包龙图将水面一望，见有黑油油的一片光在水面浮起。便喝住道："狗贼，你偷人的钱，快快招来。"那贼还要抵赖，包龙图命左右将那贼身上搜出钱来，合他所投的算了，共计二百文。一个不少，如数还了童子。把那贼重打了百板，与众百姓一同释放了。

再说武昌府江夏县民郑日新，与表弟马泰自幼相善。日新常往孝感县贩布，后渐与马泰同往，一年甚是获利。次年正月二十日，各带纹银二百余两辞家而去，三日到了阳逻驿。日新道："你我同往孝感城中，一时不能多收货物，反恐多费时日。不如二人分行，你到新里，我去城中何如？"马泰道："此言正合我意。"即入客栈买酒吃饭。店小二李昭向来相熟，见二人来，忙忙迎接，即送酒来。虔诚劝道："新年酒，一年一次，满饮几壶。"三人畅意饮了，说说笑笑，不觉多喝了几杯。三人酒已酣醉，方相揖而别。日新往城中，临行对马泰道："随后收得布匹，你须陆续发夫挑入城中。"马泰应诺别去。行了五里，酒醉脚软，住脚暂憩，不觉在凉亭中醉卧。正是醉梦不知时早晚，醒来但见红日沉西，忙又赶行了五里，地名叫作南脊。前无村，后无店，心中慌张。扒山过岭，偶上高冈，远远望见有群马在山隅放青，仿佛有一人在前面照看。马泰心喜，可以有个招呼，忙上前请问路程道里，那人名叫吴玉，答道："客官天色晚了，尚不止宿？近来此地不比旧时，前去十里，旷野山冈不但有虎狼出没，恐有小人行凶。"泰心早慌，又被吴玉三言两语说得越发不敢行了。乃对吴玉道："你家住何方？"吴玉道："前面源口就是。"马泰道："既然不远，敢向府上借宿一宵，明日早行，即当厚谢。"吴玉面作不悦之色，辞道："我家又非客店酒馆，安肯留人宿歇？我家床铺不便，凭你前行也好，回转也好，我家决不得住。"马泰苦苦哀求道："我固知府上并非客店可比，但求念我出门人的艰苦，作个阴德。"再三恳求。吴玉乃道："我见你是忠厚的人，既如此说，我收马与你同回。"马泰到了吴玉家中，玉告妻龚氏道："今日有一位客官要来我家借宿，可整酒来吃。"他母与妻见了马泰，甚是不悦，面现苦恼之色。马泰见吴玉的母与妻如此情形，以为怒己之来。乃缓辞慰道："娘子休恼，明日正当厚谢。"龚氏掉头不睬。马泰正没了兴头，吴玉忽已进来，摆起酒席，肴馔丰美。吴玉再三劝酒，马泰吃酒才醒，又不忍却吴玉的情，连饮数杯，就醉了。哪知吴玉不存好意，酒中早放了蒙汗药粉，马泰饮后昏昏不省人事。吴玉看看时已夜分，更阑人静，将马泰背至源口，即在他本身衣服内裹一大石，将他丢在河内，沉入深渊。尽取马泰之财宝，满载而归。盖吴玉素惯谋财，牧马为名，所害已非一人。却说日新到孝感二三日，货已收得二分，并未见马泰发货前来。一连等过多日，日新耐不得，径自往新里街去看马泰。到行家杨清家问询，因杨清家是他二人来往常住的行家。杨清见日新来到，忙道："今年何故来得如是之迟？"日新惊愕道："我的表弟早已来你家贩布，我在城中等了许久，何以并不见发货来？"杨清道："你那个表弟并未来过。"日新道："我表弟马泰，旧年也在你家住过，何以推说不知？"杨清道："他几时来的？"日新道："二十二日同到阳逻驿方分手的。"满店之人都说没曾来过。日新无可奈何，心中疑惑，遍问在新里的各行家，皆是茫然。是夜杨清备酒接风，众友人劝酒，日新闷闷不悦。次早再往阳逻驿李昭店寻问，亦说自二十二日别后，未见转来。日新再回新里街，一路打听，也无抢劫毙命的事。到了杨清店中，把众客人一齐问到，知众客人多于二月方来的。便作色谓杨清道："我表弟带银二百两，专来你家，必不到别处去的。必是你见财起意，谋害他命，你快直说了。"一面用手揪住杨清领口，要扯他县里去告状。杨清道："我家满店客人，如何干得此事！你不要白日冤枉了人。"二人扭闹一番。日新无法，自去具状起诉。孝感知县张时泰准状，杨清亦具诉申冤。

次日，县主牌拘一干人犯，齐到堂前听审。县主道："日新你告杨清谋死马泰，有何影响证据？"日新道："杨清奸计多端，工于掩饰，还求青天根究明白。"杨清道："小人不敢做此恶事。日新瞒心昧己，毫无凭据，白冤枉好人。马泰并未来家，若见他一面，死还甘心。此必是日新自己谋财害了，冤栽小的，以逃脱自己的罪。"县主便问李昭。昭道："是日到小人店中买酒。小的因他新年初到，设酒款待。饮毕分手，一东一西，并不见谋害的事。"杨清道："小的家中客人甚多，他进小的家中，岂无人见？本店有客伴可审，东西有邻里可问。"县主即命拘到客人、邻里审问。有的说不曾见有马泰来店，有的说杨清为人忠厚，必不会做此事。县主见邻里、客人均无确供，只得迫杨清招认，杨清只是喊冤不认。县主喝令将清重打三十，不认；又令上起夹棍，杨清受刑不过，只得屈招。县主道："你既招承，尸在何处，原银尚在否？"杨清道："实未谋他，因刑罚当受不起，只得胡供。"县主大怒，又令夹起。即刻昏沉，好久才苏醒。自思不招，亦自死的，不若暂且招承，他日或有明白之望。遂招道："尸丢长江，银已用尽。"县主见他承招停当，即钉长枷扭锁，斩罪已定。

那时适当包龙图奉委巡行天下，查勘讼狱。时来湖广，到得武昌府。是夜秉烛默坐，详览案卷。看到郑日新的状子，偶尔精神困倦，隐几而卧。忽见一兔，头戴帽子，奔走案前。既醒，心中想道："兔戴帽，明明是个冤字，莫非我所看的这案卷里有冤枉了？"次日单吊杨清一案上堂，各个研问。问李昭，只道吃酒分别是实。问杨清的邻里，皆道不见马泰来此。包龙图心中细想，此必途中有变，当下退堂。次日托疾不出，改扮了商人服装，带两个家人往阳逻驿私行察访。行至南脊，见其地甚是荒僻。仰观俯视，但见前面源口，鸦散成群，围住源塘岸边。三人近前一看，见一死人浮于水面。包龙图忙命家人至阳逻驿讨驿卒二十名、轮车一乘，到此应用。驿丞知是包龙图的命令，即唤轿夫自来迎接。参见毕，包龙图令驿卒下塘取死尸。那塘渊深莫测，驿卒多有些胆小。内有一卒名赵忠者，自荐道："小人略知水性，愿下塘取之。"包公大喜，即令下塘。浮至中间，拖尸上岸。包龙图道："你各处细细去搜寻，看尚有何物。"赵忠再下塘往水中一直钻下，见有尸骨数具，皆已腐烂，不得撩起。乃上岸禀明了包龙图。包龙图即令驿卒将源口附近居民十余家一齐捉到。包龙图便问道："此塘是谁家有的？"众人齐道："此乃公地。"包龙图道："此尸是何处人？"众人都说不知。包龙图没法，命带数十人至阳逻驿中听审。路上自想："这一干人如何审得清白，又不能各个加刑拷问！"忽而心生一计。回驿坐定，驿卒带一干人都在堂下。包龙图喝令："个个跪定，各报姓名。"令驿书逐一记名清楚。包公把名簿接来看过一遍道："前在府中，夜梦有数人来我台前告状，被这人谋死，丢在塘中。"说到这人两字，却故意把手指在那干人中乱点了一点，又急急缩转。说时迟那时快，引得那些人转眼回头，在他自己一干人里巡视。包龙图早望见一干人中，有个尖嘴挛耳的跪着，露出慌张的样子，不住地偷看众人及包龙图。包龙图已知了八九分，便接着说道："今日我亲到塘中来看，果得数尸，与梦不差。"今日又有此人名字在此，说着佯将朱笔在名单上乱点了一点。一手拍案高声喝道："无罪者速退，谋死人者抵命，听众人心中无亏即刻立起。"却说那吴玉先因听得包龙图说梦、指手、点名，心中已是害怕，被这一声响喝得他心惊胆战，连堂上方才的这句命令也未听清楚。只见众人多已立起，吴玉想起又不是，不起亦不是。正欲起来，包龙图将案再重拍一下，骂道："你是谋人正犯，怎敢起来！"吴玉知事已被包龙图知觉，低头无言。喝打四十。问道："所谋之人，乃是何方来客，一一从实招来，免动刑法。"吴玉不肯招认，包龙图命取夹棍夹起。吴玉知是免不过去，乃招承道："此皆远方孤客，小人以放马为名，见天稍晚，将言语哄他到小的家中借歇。将毒酒醉倒，丢入塘中，并不知他姓名。"包龙图道："此未烂死者，今年几时谋死的？"吴玉道："此乃今春正月二十二日夜晚谋死的。"包龙图一想，此人死日正与马泰是同一日期，想必马泰就是此尸了。便提杨清等人开审。郑日新前来认了尸首，果然不差。包龙图即命打开杨清枷锁释放，又对吴玉道："你谋马泰得银多少？"玉道："只用去三十两，余银仍在家中。"包龙图即差了数人往取原赃，其母与妻龚氏恐被累受刑，均投水而死。包龙图对日新道："本该问你诬告的罪，但你要收尸回葬，免了你的罪。”日新叩谢而去。冤案大雪！

　　此都是包龙图所审的无头公案，极变幻、极奇妙。他的正直精明为从来所未见，冤枉的案件审出了不知多少！当时的贪官猾吏、恶棍刁民遇了他就没有命了。大家怕他真同阎罗王一般呢。

珍珠旗

国韵小小说

话说宋仁宗之时，西辽国屡次犯边。上年狄青五虎将带兵征剿，杀得西辽大败，那辽王只得将珍珠旗献出，投降宋朝。若说这珍珠旗，系辽邦镇国之宝，相传已有了一百八十五年。当日仁宗天子见狄青平服了西辽，取得珍珠旗回国，龙心大喜，遂加封狄青为平西王。闲话不提。

且说当时朝内有一大大的奸臣，姓庞名洪。仁宗天子选了他的大女儿为贵妃，宠爱非凡，遂拜了太师之职。这庞洪之为人，立着一个妒贤嫉能的狠心，与这狄青素来不睦。前次勾引西辽飞龙公主，意图陷害狄青，反而几乎丧在他的手中。此话不必细表。

这一日，庞洪府上，忽报西辽来了一位将官要见太师。庞洪一想，西辽差人到此，必有什么缘故。便吩咐不许外人知道，将他带进书房相见。这辽将一见了庞洪，便说："小将名得胜将军秃狼牙，奉了小邦狼主之命，呈送书信一封在此，望太师观看。"庞洪便接了拆看。原来这书上，先写小女飞龙承太师将就机谋，岂知他夫仇未报，又反丧狄青之手。孤家此恨难消，故特差小使秃狼牙，呈说前次狄青带回的珍珠旗，却是小邦新造的，并不是真的。倘若太师奏明天子，狄青难免欺君之罪。纵他有浩大功劳，国法岂能宽容！小女倘得雪冤，太师恩同天地矣。兹并奉玩物数件，望乞鉴领。

庞洪看罢了，便对秃狼牙说道："这珍珠旗真假如何分辨?"秃狼牙说道："那真的小邦收藏了一百多年，针线都已旧了。这狄青带回的，款式虽是一样而颜色鲜明，就此可以分真假了。"当下庞洪拍手笑道："那日圣上将这珍珠旗与众臣验看，老夫也一同看了，果是颜色鲜明的。"又将那送来的礼物一看，都是奇珍异宝，心中十分欢喜。便呼一声秃将军道："你今暂住我的府中，且待老夫摆布狄青这狗才便了。"

这日，庞洪坐了一乘小轿，来到宫内望花楼，与那庞娘娘商量了一会儿。无非是要将假旗之事谋害狄青。是晚正值仁宗入宫，庞娘娘满斟美酒，花言巧语，便要讨那珍珠旗一看。当下天子遂吩咐将宝库打开，把那珍珠旗取出。庞娘娘瞧了一会儿，假作呆了。便说道："陛下啊，此旗若是西辽传国之宝，乃是年深月久之物，颜色何至有此鲜明咧?"仁宗天子忙接了一看，说道："爱卿，果然鲜明，不像是真的。明日临朝，必要究问狄青才是!"庞妃又说："若不是真的，狄青有了欺君之罪。还把他正了国法吧!"天子说："认真查究明白，方可定罪。"

到了次日，仁宗天子登了金殿。便开言道："众卿家且听朕言，前者狄青征西带回的珍珠旗，岂知是假的，当日误被他欺瞒了。"众臣听了天子之言，都吃一惊。天子又命内侍将珍珠旗取出，再交众臣验看。忽文班中闪出包拯奏道：

"前时臣不在朝，未曾看过，今日据臣看来，旗实是假的。唯是朝中已有人私通外国了，方才晓得是假的。伏乞我主先将私通外国之人查明究办，然后追究狄青才是。"天子听罢，微微含笑道："此事不与他人相干，实是寡人亲自看出来的。"包爷说："既如此，就是陛下交通外国了。"天子说："包卿，你好胡说！朕昨夜与庞娘娘偶然取出此旗一看，就被贵妃看出了假造之弊。"包爷说："旗既是西辽镇国之宝，中原焉有一人见得的？因何独有庞娘娘说是假的，这便是庞娘娘私通外国了，然后晓得此旗是假。望吾主查究娘娘才是。"当下庞洪听了包拯之言，好生惊慌。只听天子说道："宫中内室，怎好私通外国？你言太糊涂了。"又对众臣说道："这珍珠旗既是西辽相传之宝，必然四围的针线都旧了，今看此旗颜色鲜明确系新造起来的。但不知是西辽作弊，抑是狄青以假换真。若说是西辽作弊，狄青难免疏失之罪。若狄青将真换假，其罪便重了。"众臣听了，呆呆不语。此时独有包拯猜透其中缘由，又启奏道："此旗是庞娘娘讨来看的，还是陛下要与他看的？"天子一想，说不好了，包拯的话难讲的，哄他一哄才好。便叫声："包卿，旗是寡人赐贵妃看的。"包爷说："只恐还是庞娘娘讨来看的。"此时天子带怒起来说道："此事与你无干，休要多管。"

当时仁宗天子复向武班中叫狄青上前问道："你且把真情奏来，到底这假旗儿怎样来历？"岂知狄青听了天子驳论之言，早已气得目定口呆了，一言也说不出。天子几次问他，只是气昏了，忘却君臣礼，冲撞起来。便说："悉听庞娘娘的话，把我狄青正法斩首吧。"天子说："旗是你经手办来的，是真是假，总要问你。因何说悉听庞娘娘把你斩首之话？"狄青说："臣将此旗带回已久。平日不说，今日提起来，敢是娘娘要害我狄青吗？陛下是天下之主，妇人之言不可听信的。若听信妇人之言，江山必败。"天子听了狄青冲撞之言，心中大怒，忘了他汗马功劳，骂声："泼臣，怎把朕欺侮，这等猖狂！目无君上，国法难容！"即降旨将狄青绑出午门斩首。庞洪心花大开，以为今日冤家杀得成了。众忠臣都来保奏，天子只是不依。幸亏得南清宫狄太后闻报，便抬了宋太祖的龙亭来到金銮殿上。定要将狄青赦免，只定了一个徒罪，发往游龙驿。原来这狄太后是狄青的姑母，仁宗皇帝虽不是他亲生，却有三年哺乳之恩。天子岂敢怠慢，始把狄青的命救了。

且说狄青发配游龙驿，庞洪又起了一个不良之心，托王驿丞谋害于他。岂料这王驿丞倒有一点天良，不上一月连接庞洪十三道手书，催促甚急，并许他一个七品知县，他今天推明天，总是不肯动手。庞洪又以秃狼牙等得不耐烦了，倘不害死狄青，恐他要讨还这些宝物。那日庞洪思量了一会，要哄骗秃狼牙回去，然后再作道理。便来到书房，对着秃狼牙假笑道："好了好了，狄青已死了。"秃狼牙说："狄青果真死了么，如何死的咧？"庞洪说："他充军到游龙驿，这驿丞是老夫的家人，是我令他用药物毒死的。"这秃狼牙原是个直心的人，听了大喜，遂乘夜间回邦去了。

却说狄青有一个师父，叫作王禅老祖。忽一日驾着祥云来到游龙驿中，对着狄青说道："贤徒，目下奸臣当道，你今且埋名诈死。少不得西辽复动干戈，那时仍要你督师取得真旗回国，以后天下方得安宁。"狄青说："那珍珠旗还有真的吗？"老祖说："为何没有真的！"遂将真旗妙处一一说明，命狄青谨记在心。老祖又取出丹丸二颗，吩咐如此如此，然后驾上云端去了。这日忽报狄青死了，满朝文武个个悲伤，都说大宋朝中折了一根擎天柱。唯有庞洪暗中欢喜，只道是王驿丞谋杀的。原来狄青那日吞了一颗丹丸，吩咐张忠、李义道："我今死后，你们兄弟可将我的灵柩搬往天王庙。到了四十九日，再将那颗丹丸与我吃了，自然可活的。此事切不可使他人知道，只说我是冤魂索命身死的罢了。"

却说秃狼牙自从那日去了中原，回到西辽，口称狄青被庞太师害死了。辽王闻报大喜，说道："中原再无狄青这样勇将了，如今要夺取宋室江山，有何难哉！"这一日，仁宗天子登殿，接了雄关一道告急本章，看了大惊。原来这本上说西辽发了三十万大兵，一直杀到雄关，势如破竹。口称要狄青出马，方可退兵。仁宗天子便说狄青死得不妙了，悔不该将他问罪游龙驿，岂知他就此死了。今朝西辽单要他出兵方肯干休，这便怎样咧。当日只得降旨，命臣下保举一人督兵退敌。岂料连议了三天，怎奈朝中没有一人继得狄青的。这几日内，雄关又来了几道本章，天子十分忧闷。这也不在话下。

这一日，龙图阁包拯上殿奏道："臣启陛下，昨夜狄青鬼魂在乌台告状，称他屈丧幽冥，要臣救他还阳。臣说他已经亡久，骨肉已消，救不及了。狄青又说他命未该终，皮肉未化，定要臣力救他的。臣不敢自专，请旨定夺，然后开棺。"当时仁宗天子见边关危急，正在思念狄青，今听得包拯之言。急忙说道："狄青若皮肉未消，你可用三生法宝救他。若他果能还阳，包卿快来复旨。"原来那日太史崔信夜观天象，见武曲星大放光明，知道狄青未死，忙告诉包拯，暗暗查访。有一日包爷忽闯进天王庙内，一眼看见了狄青，狄青已躲避不及了。包爷十分欢喜，定要他带兵退敌，狄青怎说屡被奸人陷害，再不愿出仕王家了。包爷说了半天，方才得他允许了。若说那乌台告状之事，实是遮饰他人耳目的。

且说这日平西王狄青，同着包拯来到金銮殿上，说声："罪臣狄青见驾，愿吾主圣寿无疆。"天子一见了狄青，心头大悦，说道："你征西的功劳浩大，朕因一时之忿，而使君臣两地分开。前闻卿死，朕心好不悲伤，只道君臣今生已不能再会。幸包拯救你还阳，此乃寡人之幸。"狄青奏道："蒙我主赦臣斩罪，发配三年。岂料到驿中未久，却被冤魂作祟一命归阴。阎君细查生死轮回，却说臣命未该终，只因杀生太重，致冤魂索命身死。"包爷在旁听了，心中想道："狄青也会讲这鬼话！"天子又说道："今西辽复犯雄关，十分危急。幸尔还阳，仍要劳你督兵退敌。"狄青道："臣年纪尚轻，智略俱无。朝中还有别将可以领兵，臣实不能当此重任，恐误国家大事。乞赐臣回籍，足感陛下深恩矣。"天子道："你狄门累代忠良，朕与你虽有君臣之别，乃是骨肉之亲。你不为国家出力，还有何人与朕出力？今日西辽之兵厉害非凡，雄关有燃眉之急，汝可火速提兵，勿辞其劳。"狄青想此时正要用人之际，虽要退归，料亦不能推脱。只得说道："微臣领旨。"圣上见狄青允了，大悦。便说道："此次征西该用兵将多少，任卿主持可也。"当下左班中忽闪出庞洪奏道："前次验珍珠旗是假的，西辽原有欺君之罪。今次若不灭尽西辽，恐又别生后患。"天子说："如欲灭尽西辽，朕心亦不忍，可命狄卿将真旗换回。如彼不从，再去灭尽他未迟。"原来庞洪见狄青还了阳，深恨着包拯不该救活他的。今日要狄青灭尽西辽，又是怀着诡计，他料西辽兵强将勇，若狄青身临险地，必是凶多吉少的。

且说狄青自从那日带兵救了雄关，一直杀入辽邦。真是旗开得胜，马到成功。辽王惧着狄青厉害，只得再将那真旗献出，请罪归降。当时狄青记着王禅老祖之言，把旗试验，一点不差，方才收心。这日狄青进得朝来，呈上降书贡礼，又解开锦囊，将珍珠旗献上。天子看罢，说道："此旗颜色很旧，针线都已发锈，必是真的了。"有庞洪上前奏道："此旗与前次的一样，恐怕还是假的。"天子说："你怎么知道是假的？"庞洪说："若是西辽流传国宝，必有几件稀罕宝贝在上。今见旗上的珍珠，乃是天下最多之物，想来怕还不是真的。"狄青说："庞太师，你是当朝练达老臣，既说此旗是假的，必晓得真的有什么妙处。请将真的说明，然后下官再将此旗试验何如？"当时满朝文武同说狄青之言有理，都要庞太师说出来。那庞洪哪里知道真旗的妙处，无言可答。天子说："你既不知，何必多言！"天子又问众卿内有知道者否，众臣均称臣等无能，实不能知。庞洪又随口说道："想必狄青是知道的。"狄爷说："我若不知，怎得安心回国？"天子微微笑道："你既知道，请快快说来才是。"

当下狄青就说道："臣启陛下，那旗上有六颗明珠。一名定风珠，倘遇狂风可定。一名辟火珠，若逢烈火可辟。一名分水珠，纵然万丈波涛，见珠即退。一名移墨珠，如染墨污，见此珠即无痕迹。一名辟尘珠，一切尘烟，不能沾染。一名夜明珠，夜间黑暗，珠明如火。有此六珠，永无水火风尘之患。实是人间至宝，天下奇珍也。"庞洪又说道："此乃口说无凭，必须面试，方知确实。"狄爷听了一笑，说声："老太师，下官在西辽试验无差的。"天子便问道："未知怎样试验？"狄青又奏道："陛下如要试验此旗，速备一火炉一水缸来，便验出真假了。"天子听了，即传旨取到清泉一缸，放在金阶之下。狄爷提了这旗，浸放缸中。此时仁宗天子步落金阶，文武百官皆跟随下殿。当时把旗浸了一会儿，拿起一看，旗上无一点清泉沾染。君臣一同赞羡，单有庞洪呆呆不语。少刻红炉火又扛进来了，狄爷又把旗放在烈火之中，焚烧有半个时辰，提起来一看，与未曾落火的一般。君臣看了，称赞不已。狄爷说："此旗水火不能侵，皆因辟火分水二珠之妙处。"天子点头说："果然甚妙。"此时天色尚未光明，狄爷说："再请陛下命内侍隐去灯火，立试夜明珠便了。"天子遂传旨拿去灯烛，将旗展开。但见满殿红光，照耀如同白日，君臣大喜，各个称奇。又将移墨珠试验，墨水浓泼，果不能沾。狄爷又说："陛下，这辟尘、定风二珠，必须狂风大作、烟尘迷天，方能试验分明。"天子闻言，说四珠已试验过了，那两颗珠，且待有风尘起时再验便了。

此时狄青又上前启奏道："臣还有一本，上渎天颜。"天子遂取本展开，龙目一观，不觉勃然大怒，便喝声："庞洪，西辽初次投降便献出假旗，后来番人秃狼牙私进中原，送你几个宝贝，要你奏称假旗，除却狄青。你因何不思忠心报国，反暗通西辽？倘狄青被你害了，朝中就没有勇将，便把孤的江山轻轻付与西辽了！"庞洪听罢，吓得浑身冷汗，说声："陛下，这是狄青与臣不善，捏情谎奏。还求陛下究问于他，纵有小怨，也不该捏谎以欺陛下！"狄青又出班奏道："太师说臣诬陷于他，臣也分辩不清，圣上也彼此难信。幸喜微臣班师之日，臣已带进秃狼牙。只要圣上勘问这辽臣，便知谁是谁非！"天子准奏，即宣秃狼牙上殿。此时庞洪一见了秃狼牙，浑身犹如火炙，心内好似油煎，恨不能插翅腾空了。当下秃狼牙启奏天子，便把庞洪勾引飞龙之事，一直说到贪赃受贿，要害狄青。并又说那日庞太师说狄王爷已死，小臣回邦告知狼主，是以兴兵再犯天朝。岂料狄王爷复领兵前来，狼主说小臣办事无能，更有欺君之罪，罚我看牛牧马。这也是被庞太师哄了。天子复怒道："你今尚有何言抵赖？真是欺君误国的老贼！"当时包拯等又在庞府中搜出西辽送的宝物，真赃实犯，国法难容。仁宗天子虽宠爱庞妃，此时也不能遮盖他父女了。后来按律定罪，庞洪处斩，贵妃亦赐死宫中。自来贪赃枉法，陷害忠良，总是没有好结果的。观于庞洪之事真可为前车之鉴了。

花痴

国韵小小说

花痴

　　话说宋朝仁宗时候，江南平江府东门外长乐村中有个老叟，姓秋名先。原来庄家出身，有数亩田地，一所草房。妻子水氏已故，别无儿女。那秋先从幼酷好栽花种果，把田业都撇弃了，专于其事。倘偶觅得种异花，就是拾着珍宝也没有这般欢喜。随你极紧要的事出外，路上逢着人家有树花儿，不管他家容不容，须赔着笑脸，挨进去求玩。倘若遇着一种名花，家中没有的，虽有或已经开过了，便将正事撇在旁边，依依不舍，永日忘归。人都叫他是花痴。或遇见卖花的有株好花，不论身边有钱无钱，一定要买。无钱时便脱下身上衣服去当，亦所不惜。常有那些坏人晓得他爱花的，各处寻觅好花，折来把泥假捏个根儿来卖与他。却有件奇事，虽无根之花，经秋先种下，依然会活。日积月累，遂成了一个大花园。

　　那园编竹为篱，向阳设两扇柴门。门内一条竹径，两边都结柏屏遮护。转过柏屏，便是三间草屋，高爽宽敞，窗明几净，卧榻桌椅之类色色清洁。阶下篱边尽植名花，开放起来千红万紫、灿烂如锦。真是四时不谢，八节长春。篱门外正对着一个太湖，这湖中景致，晴雨皆宜。秋先于岸旁堆土作堤，广植桃柳。每至春时，红绿间发，宛似西湖胜景。沿湖遍插芙蓉，湖中种五色莲花，盛开之日，满湖锦云烂漫，香气袭人，说不尽的好处。

　　秋先每日清晨起来，扫净花底落叶汲水逐一灌溉，到晚上又浇一番。若有一花将开，不胜欢跃，或暖壶酒或烹盏茶，向花深深作揖，先行浇奠，口称花千岁三声，然后坐于其下，浅斟细酌。自半放至盛开时，未尝稍离。如见日色猛烈，乃取棕拂蘸水润之。遇着月夜，便连着不寐。倘值狂风暴雨，即披蓑顶笠，周行花间检视，遇有欹枝，以竹扶之，虽夜间还起来巡看几次。若到花谢之时，则累日叹息，常至落泪。又舍不得那些落花，以棕帚轻轻扫来置于盘中，时常观玩，直至干枯，装入净瓮。满瓮之日再用茶酒浇奠，埋于长堤之旁，谓之葬花。倘有花片被雨打泥污，必以清水再三洗涤，然后送入湖中，谓之浴花。平日最恨攀花折朵。就是别人家园中，他心爱着那一种花儿，宁可终日看玩，如若那花主人要取一枝一朵来赠他，他连称作孽，决然不要。若有旁人要来折花者，只除他不看见罢了，他若见时，就把语言再三劝止。人若不从其言，他情愿低头下拜，代花乞命。人虽叫他花痴，多有怜他一片诚心因而住手者，他又深深作揖称谢。或他不在时，被人折损了他的花木，他来见了那损处，必凄然伤悲，取泥封之，谓之医花。为这件上，所以他的园中不轻易放人游玩。偶有亲戚朋友要看，难回复时，先将此话讲明，才放进去。倘有不知好歹的捉空儿摘了一花一蕊，那老儿便要面红颈赤，大大发急，下次就不容他进去看了。

后来人都晓得了他的性子，就一片叶儿也不敢摘动了。

　　大凡茂林深树，便是禽鸟的巢穴。有花果处，越发千百成群。秋先恐他啄伤花果，却将米谷置于空处饲之，又向禽鸟祈祝，勿伤花果。那禽鸟如有知识一般，每日食饱，在花间低飞轻舞，婉转娇啼，并不损一朵花蕊，也不食一个果实，故此产的果品最多最好。每熟时，先望空祭了花神，然后敢尝，又遍送左右邻家，余下的方卖去，一年倒有若干利息。那老人得了花中之趣，自少至老，五十余年，略无倦怠，身体愈觉强健。粗衣淡饭，自得其乐，若有盈余，就把来周济村中贫乏。自此合村无不敬仰，又呼之为秋公。

　　却说城中有一人，姓张名委，原是个宦家子弟，为人奸狡诡诈，残忍刻薄。恃了势力，专一欺人，触着他的风波立至，必要弄得那人破家荡产，方才罢手。手下用一班如狼似虎的奴仆，又有几个助恶的无赖。合做一起，到处闯祸，受其害者无数。一日，带了四五个家人同一班恶少，在庄上游玩。那庄正在长乐村中，离秋先家不远。信步行来，不觉已到秋先门首。只见篱上花枝鲜媚，四围树木繁翳，齐道：“这所在亦还幽雅，是哪一家的？”家人道：“此是著名花痴秋先的花园。”张委道：“我常闻得说庄边有个秋老儿，种得异样好花，原来就住在此。我们何不进去看看？”家人道：“这老儿有些古怪，不许人看的。”张委道：“别人或者不肯，难道连我都不肯吗？快去敲门。”那时园中牡丹盛开，秋先刚刚浇灌完了，正摆着一壶酒、两碟果品，在花间独酌，自取其乐。饮不上三杯，只听得敲门响。放下酒杯，走出来开门一看，见站着五六个人酒气直冲。秋公料定必是要看花的，便拦住门口问道："列位有甚事到此？"张委道："你这老儿不识得我吗？我是城内有名的张相公，那边张家庄便是我的。闻得你园中好花甚多，特来游玩。"秋先道："告相公得知，老汉也没种甚好花，不过桃李之类，都已谢了。如今并没别样花卉。"张委睁起双眼道："这老儿如此可恶，看看花儿有什么要紧，却便回我没有！"秋先道："不是老汉说谎，果然没有。"张委哪里肯听，向前叉开手当胸一推，秋先站立不牢，踉踉跄跄，直撞过半边。众人一齐拥进。秋先见势头凶恶，只得让他进去，把篱门掩上，随着进来。向花下取过酒果，站在旁边。众人看那四边花草甚多，唯有牡丹独盛。那花不是寻常玉楼春之类，乃五种有名异品，是叫作黄楼子、绿蝴蝶、西瓜瓤、舞青猊、红狮头五种。

那花正种在草堂对面，周围以太湖石拦之。四边竖个木架子，上覆布幔，遮蔽日色。花本高有丈许，最小亦六七尺。其花大如丹盘，五色灿烂，光华夺目，众人齐赞好花。张委便踏上太湖石去，嗅那香气。秋先最不愿人家嗅他的花，乃道："相公站远些看，休要上去。"张委本恼他不容进来，正要寻事。又听这话，喝道："你这老儿，住在我庄边，难道不晓得张相公名头吗。有这样好花，故意回说没有，不计较就够了，还要多言。哪见得闻一闻就坏了花？你这般说，我偏要闻。"遂把花朵凑在鼻子上闻个爽利。秋先在旁气得敢怒而不敢言。还道他略看一回就去，谁知这厮故意生事，道有如此好花，如何空过，须把酒来赏玩。吩咐家人快去取。秋先见要取酒来赏，更加烦恼。向前道："舍下狭小，没有坐处。相公只看看花儿，酒还请到贵庄去饮。"张委指着地上道："这地下尽可坐。"秋先道："地上龌龊，相公如何坐得！"张委道："不要紧，少不得有地毯遮衬。"不一时酒肴取到，铺下地毯，众人团团围坐，猜枚行令，大呼小叫，十分得意。只有秋先努起了嘴，坐在旁边。

那张委看见花木茂盛，就起了个不良之意，思想要吞占他的。斜着醉眼向秋先道："看你这老儿不出，倒会种花，却也可取。赏你一杯酒。"秋先哪有好气答他？气愤愤地道："老汉天性不会饮酒，相公自请。"张委又道："你这园可卖吗？"秋先见口气来得不好，大大惊讶。答道："这园是老汉的性命，如何舍得卖！"张委道："什么性命不性命，卖与我罢了。你若没处去，一发连身子归在我家。又不要你做别事，单单替我种些花木，可不好吗！"众人齐道："你这老儿好造化，难得相公这般看待，还不快来谢恩！"秋先看见逐步欺负上来，气得手足麻软，也不去睬他。张委道："这老儿可恶，肯不肯如何不回答？"秋先道："说过不卖了，如何只管问？"张委道："胡说，你若再说不卖，就写帖儿送到县里去。"秋先气不过，意欲抢白他几句。又想一想，他是有势力的人，却又醉了，且哄了他出去，再作道理。忍着气答道："相公纵要买，也须从容一日。"众人道："这话也说得是，就是明日吧。"此时都已烂醉，齐立起身来。

秋先恐怕折花，预先在花边防护。那张委真个走向前，要求折花。秋先扯住道："相公，这花虽是微物，但一年间不知废了多少工夫，才开得这几朵，折损了深为可惜。"张委道："有甚可惜？你明日卖了，便是我家之物。就使折尽，与你何干！"把手去推开。秋先揪住死也不放道："相公便杀了老汉，这花绝不与你折的。"众人道："这老儿其实可恶，相公取朵花儿，值什么大事，装出许多模样。难道怕你就不折了？"遂齐走上前乱折。把那老儿急得叫屈连天。舍了张委，拼命去拦阻。扯了东边，顾不得西首，顷刻间折了许多。秋先心如刀割，便骂道："你这般野蛮，无事登门，将我欺负。要这性命何用！"向张委身边尽力撞去，来得势猛，张委又多吃了几杯酒，立不住，翻跟斗跌倒。众人都道："不好了，相公被他打坏了。"齐将花撇下，便赶过来要打秋先。内中有个老成些的，见秋先已老，恐打出事来。劝住众人，扶起张委。张委因跌了一跤，老羞成怒，赶上前将花打得只蕊不留，撒了遍地。意犹未足，又向花中践踏一回。只气得秋先满地乱滚，抢地呼天。

邻家听见秋先园中喧嚷，齐跑进来，看见众人正在行凶，上前劝住。问知其故，齐替秋先赔个不是，方把这班人送出园门。张委道："你们对那老贼说，好好把园送我，便饶了他。若说半个不字，须教他仔细着!"恨恨而去。邻里们见张委醉了，只道是酒话，不在心上。复身转来，将秋先扶起，坐在阶沿上，劝慰了一番而别。那秋先不舍得这些残花，走向前去，将手捡拾起来。看见践踏得凋残零落，尘埃沾污，心中凄惨，放声大哭道："花呀，我一生爱护，从不损坏一瓣一叶，哪知今日遭此大难!"正哭之间，只听得背后有人叫道："秋公为何这般痛哭?"秋先回头看时，乃是一个女子，年约二八，姿容美丽，雅淡梳妆，却不认得是谁家之女。乃收泪问道："小娘子是哪家，至此何为?"那女子道："我家居在左近，因闻你园中牡丹花茂盛，特来游玩，不想已谢了。"秋先听说牡丹二字，不觉又哭起来。女子道："你且说有甚苦事如此啼哭?"秋先将张委打花之事说出。那女子笑道："原来为此。你可要这花原上枝头吗?"秋先道："小娘子休得取笑，哪有落花返枝之理?"女子道："我祖上传得个落花返枝之术，屡试屡验。"秋先听说，化悲为喜道："小娘子真个有这法术吗?"女子道："如何不真?"秋先倒身下拜道："若得小娘子施此妙术，老汉无以为报。但每一种花开，便来相请赏玩。"女子道："你且莫拜，去取一碗水来。"秋先慌忙跳起取水，心中想道："如何有这样妙法? 莫不是见我哭泣，故意取笑?"又想道："这小娘子从不相识，哪有骗我之理，定是真的。"急取了一碗清水出来。抬头看时，不见了女子，只见那花都已在枝头，地下并无一瓣遗存。起初每本一色，如今却变作红中间紫，淡里添浓，一本五色俱全，比先前更觉鲜妍。秋先又惊又喜道："不想这小娘子果有此妙法！"只道还在花丛中，放下水前来致谢。园中团团寻遍，并不见踪迹。乃道："小娘子如何就去了，想必还在门口。待我赶上去，求她传下此法。"一径赶到门边，门恰掩着，哪有女子踪迹！秋先连声诧异道："莫非神仙下降？"又自思道："我因气量狭小，故受外侮。莫若将园门开了，任人观看，庶不负神仙下降一番。"主意已定，次日便大开园门，任人入内游览。但吩咐道："尽凭列位观看，切莫采折便了。"众人得了这话，互相传开。那村中无论男女，无不至园中游览，络绎不绝。

且说张委至次早对众人道："昨日反被那老贼撞了一跌，难道罢了不成？如今再去要他这园，不肯时多叫些人，将花木尽行打烂方出这气！"众人出得庄来，就有人说："秋先园中神仙下降，落下的花仍上枝头，却又变了五色。"张委不信道："定是那老儿有甚邪术，且去看了再说。"一众行来，到了草堂看时，果然话不虚传。那花开得比前姿态愈艳，光彩倍增。张委心中虽十分惊讶，那吞占念头仍然不改。看了一回，忽又起一个恶念，对众人道："我们且走。"齐出了园门，众人问道："相公如何不与他要园？"张委道："我想得好计在此，不消与他说得，这园明日就归于我。"众人道："相公有何妙策？”张委道：“现今贝州有一个反叛姓王名则谋反，专行妖术。枢密府行下文书，普天下缉捕妖人。本府现出三千贯赏钱，募人出首。我明日就将落花上枝为由，教张霸到府首他以妖术惑人。这老儿熬刑不过，自然招承下狱。这园必定官卖，那时谁敢买他的？少不得让与我，还有三千贯赏钱哩。”众人道：“相公好计！事不宜迟，就去打点起来。”当时即进城写下首状，次早教张霸到平江府出首。这张霸是张委手下第一出色的人，衙门情熟，故此用他。

大尹正在缉访妖人，听说此事合村男女都见的，不由不信。即差做公的押着张霸引导，前去捕拿。张委将银钱在衙门中布置停当，让公人先行，自己也同着众人随后跟来。一行来到秋先园中，那老儿还道是来看花的，不以为意。众人发声喊，赶上前来一索捆翻。秋先吃这一吓不小，问道："老汉有何罪犯？望列位说个明白。”众人口口声声，骂作妖人反贼，不由分说拥出门来。邻里看见无不失惊，齐上前询问。公人道："你们还要问吗？他所犯的事也不小，只怕连村上人都有份呢。”那些乡民被这大话一吓，心中害怕，唯恐连累，尽皆洋洋走开。

张委俟秋先去后，便与众人将园门锁好。赶至府前，公差已将秋先解进，跪在月台上，见旁边又跪着一人，却不认得。那些狱卒都得了张委银子，即备下诸般刑具伺候。大尹喝道："你是何处妖人，敢在地方上将妖术煽惑百姓？有多少党羽？从实招来！"秋先道："小人世居长乐村中，并非别处妖人，也不晓得什么妖术。"大尹道："前日你用妖术使落花上枝，还敢抵赖！"秋先听说到花上，情知是张委的缘故。即将张委要占花园打花，并遇一女子将落花还上枝头之事，细述一遍。不想那大尹哪里肯信，因喝道："天下哪有此等事，都是妖人一派胡言！快与我夹起来。"狱卒们答应一声，蜂拥上前。正待动手，不想那大尹忽然一个头晕，险些儿跌下公座，坐身不住。吩咐且上了枷锁发往狱中，明日再审。狱卒将秋先押入狱中，听候再审。

　　却说张委见大尹已认秋先为妖人，不胜欢喜。手下无赖众人都道："那花园前日尚是老儿的，游得未曾尽兴。今日是相公的了，须要尽情欢赏。"张委道："言之有理。"遂一齐出城，教家人整齐酒肴，径至秋先园中。开门进去，走至草堂，只见牡丹枝头一概不存，与前日打下一般，纵横满地。众人都称奇异。张委道："看起来这老贼果有妖法！不然，如何半日忽又变了？"正言间，忽地起一阵大风，吹得那些落花，一瓣瓣都直竖起来，转瞬间俱变做一尺来长女子。众人大惊，齐叫道："怪哉！"言还未毕，那些女子迎风一晃，尽已长大，将众人团团围住。中间一个穿红衣的说道："吾姊妹居此数十年，深蒙秋公珍重爱护。不意遭狂奴毒手摧残，复又诬陷秋公，谋吞此地。今仇在目前，吾姊妹当戮力击之，以报知己之恩，以雪摧残之耻！"众女郎道："阿妹言之有理!"说罢,一齐举袖扑来。那袖似有数尺之长,扑将过来,冷气入骨。众人齐叫有鬼,撇了家伙,往外乱跑,彼此各不相顾。也有被树根绊脚的,也有被石块打头的,乱了多时,方才定神。检点人数,单不见了张委、张霸二人。此时风已定了,天色已晚,只得回庄。唤几个生力庄客打起火把,转身去寻。直到园中,只听大梅树下有呻吟之声,举火看时,却是张霸被梅根绊脚,跌破了头,挣扎不起。两个庄客先扶张霸归去。众人寻了半晌,只见一个庄客在东边墙脚下叫道:"大爷有了。"众人蜂拥而前。庄客指道:"那槐树上挂的,不是大爷的软翅纱巾吗?"众人道:"既有了巾帻,人也只在左近。"沿墙照去,不多几步,只叫得声苦也。原来东角转弯处有个粪窖,窖中一人,两脚朝天,不歪不斜,刚刚倒种在内。庄客认得鞋袜衣服,正是张委。顾不得臭秽,只得打捞起来,眼见得不活的了,抬至湖边洗净。先有人报至庄上,合家大小,哭哭啼啼,备棺成殓。其夜张霸破头伤重,五更亦死。此乃作恶之报。

且说秋先被捉,左右邻居及合村之人均知其冤,但怕张委之势,不敢出头。今见张委已死,无人作对,联合了百十人联名具禀,呈诉前事。恰好大尹正在升堂,欲吊审秋先之事。只见公差禀道:"原告张霸同家长张委,昨夜如何如何,都已死了。"大尹大惊,不信有此异事。须臾间,又见众百姓亦来申诉冤情。深知秋先之枉,喜得不曾用刑。即于狱中吊出秋先，当堂释放。又给印信告示，与他园门张挂，不许闲人侵损花木。众人叩谢出府。秋先谢了众人，回至园中，见牡丹依旧繁盛。自此之后，秋先日饵百花，渐渐习惯，绝了烟火之物。所鬻果实之钱，尽数做慈善事业。后一直活到一百余岁，无疾而终。

火烧安乐村

国韵小小说

火烧安乐村

话说北宋末年，山东沂州城外有一村庄，唤作安乐村。地方幽静，居民乐业。内中有个退职武官，姓刘名广，隐居在此。刘广奉母极孝，膝下二子一女。长子刘麒，次子刘麟，都精通武艺，各已娶妻，亦有本领。女儿慧娘，乳名一个秀字，聪颖异常，深知兵法，通晓阴阳术数。还有一人，唤陈希真，是刘家姨亲。因避仇人，带了女儿陈丽卿，投奔来此合住。陈希真颇通法术，有呼风唤雨之能。丽卿虽是女子，她的武艺却出色惊人。这刘广全家，俱是雍雍和乐，陈希真父女，亦和他们臭味相投。因此上大众安闲度日，倒也十分快乐。一日正是七月初七，丽卿、慧娘等便和麒、麟二位娘子商量庆赏七夕，安排酒脯瓜果，一同乞巧。

到了晚间，四人去禀告过刘母爹娘，都来到后面晒台边。丽卿一向性急，撩起罗裙，踏着梯子，三脚两步先跑上台去了。这里二位娘子在前，两个养娘扶着慧娘在后，上得台来。只见丽卿在那里四边瞭望，喝彩不迭。回头看二位娘子道："二位嫂嫂，太阳落山好久，怎么天上还是这般通红？你看这些房屋树木，好像笼罩在红纱帐里一般。"二位娘子道："便是奇怪？"只见慧娘定睛细细一看，大惊失色，叫声"啊呀"，往后便倒，面如土色。三人同两个养娘都吃一惊，连忙扶住，问是什么。慧娘略定一定神道："我等合家性命，早晚都休也！你等不知，这气名曰赤尸气，兵书上又唤作洒血。罩国国灭，罩军军败，罩城城破。所罩之处，其下不出七日，刀兵必起，却为何照在我们村庄上？如何是好！"三人都将信将疑，还要问时，慧娘道："快请爹爹上来。"丽卿道："我去请。"飞跑下去了。不多时，引着刘广上来，慧娘与二位娘子把这话细说了一遍。慧娘道："吉凶在天，趋避由人。孩儿常对爹爹说，此地当遭刀兵，想是就应在此时了。望爹爹做主，速速携家远避，可免大难。"刘广沉吟半晌道："我儿你果然看得准吗？"慧娘道："孩儿如何敢乱说！看来此气已老，起得不止一日了。多则五日，少则三日，吉凶便见。"刘广道："我们一时搬到哪里去？只有定风庄乡练李飞豹，我同他认识，却不甚亲近，怎好去投托他？想来除非到你孔厚叔叔家里，我们且下去商议。"众人都下了高台，刘广同夫人说了。夫人道："秀儿的话，比神仙还灵。如何可不信！我们赶紧收拾，慢慢告禀婆婆。"刘广道："有理！"众人都点灯烛，纷纷乱乱，集叠细软。众庄客都知道了，也有信的，也有笑的。

那刘母正在佛堂前面，跪念《高王经》。见他们交头接耳的纷乱，便起身查问。刘广不敢隐瞒，只得实说了。刘母坐下道："你去叫秀儿来。"刘广把慧娘叫到面前，刘母道："你这小东西发什么昏？无缘无故撺掇你老子搬家，待要到哪里去？我请问你！"慧娘道："禀告祖母，孙女委实识得望气。今刀兵将到，大灾临头，故劝爹爹请祖母避难。"刘母骂道："胡说，什么大灾不大灾。一家物件，移入别家屋里，从新再搬回来。遗亡损失，再受别人笑话，你这小东西着什么邪？单是你会望什么气不气，天下不会望气的人，难道都死了不成！"刘广道："方才那气果有些奇怪，孩儿也从不曾见过。母亲却未看见，孩儿往常也听得他们出过师的说，军营中不论城池营寨，有血光黑气罩下，皆主凶兆。又兼本村社庙前老柏树夜哭，村人都听见。秀儿之言，宁可信其有。"刘母便骂刘广道："你这东西也来混说！偌大年纪，听了女孩儿驱遣，连我前都不来禀明。七夕佳节，却使我动气。哪个再敢乱说搬家，我老大拐杖，每人敲他一顿！"骂得刘广诺诺连声，不敢再响。刘母直骂到二更天方去睡了。

慧娘到刘夫人房里来，向着娘垂泪道："孩儿是为一家性命的事，祖母如此阻挡，难道束手待毙不成？"少刻刘广同两个儿子进房来，刘广问慧娘道："我儿你果然不错吗？恐你万一拿不稳，认真弄出笑话来，却不是耍处！"慧娘道："啊呀，连爹爹都疑心起来，这事如何好？孩儿如果看错，由爹爹处置。"刘广道："既如此，我们乘老奶奶睡熟，大家连夜先把要紧东西装了。"便回顾刘麒、刘麟道："你兄弟两个，带几个庄客，先押运到沂州城内孔厚叔叔家里去。明日便写信去景阳镇，追你大姨夫回来。"原来陈希真此时不在家中，到景阳镇云天彪处做客去了。当下二刘领命，大家都去收拾。瞒着刘母，忙了一夜，天色未明，已将些东西满满装两大车子。二刘带了五六名庄客，押运了去。

早上刘母起来，刘广领着夫人、慧娘并两个媳妇上堂来，请过了安。刘广上前求告道："母亲容禀！非是孩儿乱听秀儿的话，只因梁山泊的强人，时常有心看想这几处村庄。不是孩儿夸口，若是自己不落职，亦不怕那些贼人。如今却无尺寸之权，这庄上又没个守望。万一那厮们当真来，却如何抵挡？孩儿愿奉母亲到孔厚家去，暂住几日，另寻稳善所在迁移。"那刘母隔夜的气还未消，听了这话，未及开口，慧娘又说道："万一那厮们有见识，先截住了神峰山口，再来骚扰此地。那时我们便无路可走！"刘母大怒，指着刘广骂道："你父女两个，都是失心疯了！好端端住在家里，无故见神着鬼。夜来我这般训诲，大清早又来胡说。佛祖云：家有《高王经》，水火不能侵。我每日如此虔诵，佛必保佑。什么刀兵，敢到这里！不见佛书上所载，当年高欢国孙敬德念了千遍，临刑时，刀都砍不入。我活了七十多岁，永不曾见过什么刀兵。你们这般嚼舌，甚是可恶！"

慧娘听刘母如此说，便道："他们砍不落头，祖母又几曾见来？这等说，天下凶恶囚犯，只会念《高王经》，都就杀他不成了？祖母不听爹爹言语，恐后悔不及，还望祖母三思。"刘母气得暴跳如雷，拍着桌子大骂："小东西，把我当作什么人，这般顶撞！将凶恶囚犯来比我么！"刘广同夫人齐喝慧娘道："小贱人，焉敢放肆，还不跪下。"刘母连叫取家法来。刘夫人只得捧过戒尺来，跪下道："婆婆，待媳妇处治贱婢。"刘母劈手夺过戒尺道："谁稀罕你献勤！教这小东西自己伸过手来。"二位娘子一齐跪下去求，哪里求得！

却说丽卿当夜将希真的法宝行李收拾了，又帮他们集叠了一夜。早上梳洗毕，正在楼上掠鬓，听得下面热闹，忙赶下来。楼梯边撞着刘麟的娘子道："卿姑娘快来，只有你求得落，老奶奶打秀姑娘哩！"丽卿忙赶到面前，双膝跪下道："太婆看丫头面上，饶了秀妹妹罢。"慧娘已是着了好几下，刘母见丽卿下跪，连忙撇过戒尺，扶起道："卿姑请起。"便骂慧娘道："本要打脱你手心皮，看卿姑面上，饶你这贱骨头。起去！"慧娘拜谢了丽卿，哭着归房去了。刘母又把刘广夫妻痛骂一顿，弄得合家都垂头丧气，谁敢再说！

丽卿与二位娘子都去看慧娘，只见他靠在几上，脸向着里只是痛哭。丽卿笑道："秀妹妹烦恼做甚？什么刀兵不刀兵，哪怕他千军万马，团团围住。我那枝梨花枪，也搅他一条血弄堂带你出去。"二位娘子道："秀姑娘且莫性急，从长计议。"慧娘道："我只恐时不待人，早得一刻是一刻。大姨夫不知几时来？也好与他设法再劝。"丽卿笑道："太婆如真不肯去，我倒有个计较。太婆最喜饮高粱烧酒，一醉便睡。待我去劝他，灌醉了扛在车子上，不由他不走。便是半路上他醒了叫骂，已是晚了。"二位娘子笑道："这却如何使得！"引得慧娘也笑起来。

丽卿、慧娘等正说笑间，只听得庄外鸾铃响亮，一人飞奔进来，气急败坏，正是陈希真。大叫道："祸事了！梁山泊贼兵，遮天盖地似的杀来也。"众人齐集，都大惊失色。刘母立起身道："当真?"刘广道："叫庄客们快备牲口。"话未了，又听得人喊马嘶，只见刘麒、刘麟都赶跑进来道："贼兵已在攻打沂州，城门都闭，车子进不去。现在只好寄在龙门厂雷祖庙内，留几个庄客同车夫在彼看管。贼兵就到，为何还不走?"慧娘发恨道："哪里肯依我的话，真弄到如此！"刘母吓得说不出话，只是发抖。刘广上前道："母亲，母亲，你不要惧怕，我们大众管住你。"众人乱纷纷扎抹、备马、取兵器、点火把。希真道："且休乱，定个主意，如何保老小?"刘广对两个儿子道："汝等同我管住祖母，余外丢开。"刘麒、刘麟怎敢不依，便对二位娘子道："母亲全仗贤妻护持。"二位娘子道："丈夫放心。"丽卿道："我只好管秀妹妹。"刘广扶持刘母上了马。那刘母口里不住的"南无佛，南无法，南无僧，佛国有缘，佛法相因，常乐我静，人离难，难离身，一切灾殃化为尘"。颠三倒四地念那《高王经》。

此刻安乐村，各家已都得知了，霎时间一派哭声。携男挟女，寻母觅爹，分头逃难。刘广家内妇女并使女养娘们，幸而都会骑牲口。二十多庄客都省得武艺，各持兵器护从。

刘麒的娘子使一口雌雄剑。忙忙乱乱，出得庄门。那丽卿早已绰枪挂剑，骑在他的枣骝马上。只听得西边村庄上喊声大震，鼓角喧天，贼兵已到。众百姓抛儿弃女，自相践踏，哭声震天。火光影里，已望见"替天行道"杏黄旗，当头大将正是霹雳火秦明。刘母、刘夫人心胆俱裂，大家一齐取路投东而走。欲过大溪水桥，转弯往南去，只见桥上人已拥满，两边都挤下水去。不多时，桥梁压断了，满溪里都是人。刘广等见了，只得再往东走。已到安乐村东边尽头，只见林子里飞出一片火光，无数贼兵都在火光背后，正是黑旋风李逵的步兵，顺风胡哨杀将来。东风正大，黑烟卷来，人马皆惊。刘广叫道："左有高山，右有大水，前有烈火，后有追兵，这却怎好？"希真忙叫一个庄客，就地下挖起一把沙土来，念动真言，吹入撒开去。只见一阵怪风，飞沙走石，把火头倒吹转去，烧得那些贼兵叫苦连天，各逃性命。刘广等乘势闯出村口。行得不远，又一片喊声，拥出一二百兵马来。只见丽卿挺枪跃马，大喝一声，当先冲杀过去。这里众英雄各奋神威，带领庄客舞剑抢枪，一拥杀上，好一似虎入羊群。那一二百人，都落花流水地散了。众英雄护定老小，只顾往前走。前面已是往丁字坡那条大路，一头往南，一头往北。刘广回顾老小人等，幸喜一个都不失散，稍为放心。杀声渐远，大家都下马少息，商议投奔的所在。望那安乐村，已变作了一座火焰山了。

众人正观望间，只见正南上火光冲天，喊声大起，逼近来。刘广忙扶了娘上马投北，众人一齐都上马走。不多时，撞着一队贼兵，正是陈达、孔明、孔亮的兵马，来接应秦明、崔豪、姚顺同去打城。秦明等劫了安乐村，正杀过来合兵一处，将刘广、陈希真等一班老小都裹在乱军之中。当时众英雄在乱军里面，彼此不能相顾。却说刘广同两个儿子，紧紧护着刘母，只往前厮杀。迎头一员贼将，乃是跳涧虎陈达。当时陈达大喝道："你是什么人，敢在大军内乱扰！"刘广更不敢答话，拍马舞刀，直取陈达。陈达正抵敌不住，斜刺里又来了旄头星孔明，双斗刘广。刘广奋勇厮杀，孔明、陈达败走。刘广回头不见了刘母并两个儿子，心里甚慌，急转旧路杀回来，一口刀逢人便砍，竟寻不见母亲。便慌急起来，止不住心头乱跳，不防黑影里射来一支箭正中腰窝，坐不住鞍鞴，跌下马来。背后陈达已到，举刀劈面就剁。说时迟那时快，却得刘麒娘子一马赶到，大喝："谁敢动手！"挺手中雁翎刀敌住陈达。那孔明又转来相助，刘广已跳起来，抡刀步战，希真也保着刘夫人赶到。三位英雄，两马一步，又杀退陈达、孔明。刘广道："我的娘在哪里？"又要杀转去。希真道："太亲母好像已在前面。"刘广便转身往北。希真道："你受了伤，步战不便，我的马让你骑。"刘广便骑了希真的马，希真步行，提枪保护。

且说孔明、孔亮、陈达聚在一处道："这是一伙什么人，如此猖獗！休被他走了。"便呐喊杀拢来。后面又有崔豪、姚顺的人马拥上来，四面贼兵围住。希真、刘广、刘麒的娘子保着刘夫人，苦战不得脱，刘广只叫得苦，希真一时也用不及那都箓大法。正危急时，只见孔亮一边人马大乱，火把丛里，一位女英雄杀入来。舞动梨花枪，纵开枣骝马，风掣电卷冲进来。众人见丽卿来到，大喜！忙护着刘夫人杀上前来接应。丽卿大叫："爹爹见秀妹妹否？"孔亮不识高低，便去抵敌，被他一枪，对心窝刺个正着，翻斤斗撞下马来，一道灵魂回梁山泊去了。贼兵乱窜。希真道："吾儿前面开路。"众人护着刘夫人，奋勇杀开条血路，透出重围。希真便夺一匹马骑了。大家离得贼兵已远，那刘母、刘麒、刘麟、刘慧娘、刘麟的娘子及一切庄客仆夫养娘们，俱失陷在贼里。陈达等见他们勇猛，不敢便追。

却说希真、刘广等都去溪涧桥边鹅卵石滩上息下，星光下刘广中的那支箭，透入数寸，拔出血流不止。刘夫人忙撕下绸衫的里襟与他裹定。刘广哭道："我娘的命想已休也，我再去寻来。"希真、刘夫人一齐劝道："你已这般，去不得了。"刘广喝道："你是媳妇，也如此乱说！"便忍着疼痛，提刀上马。怎奈跨不上鞍，跌倒在地。希真、刘夫人忙去扶住，希真道："你们在此，待我再杀转去，务要寻太亲母出来。"刘广咬着牙齿，点点头。丽卿在旁叫道："爹爹在此保护，不要离开，孩儿总要去寻秀妹妹，一同救了太婆出来。"希真道：

"既是你去，须要小心。"丽卿绰枪上马，复入虎窟龙潭去了。

刘广倒在滩上声唤，刘夫人在旁流泪。忽见一人匹马单刀奔来，希真只道是贼，忙提枪在手。再近来一看，却像是刘麒。刘广、希真一齐叫道："我们在这里！"刘麒下马，见了父母甚喜。刘广问道："祖母在哪里？"刘麒道："都失散了。"刘广大怒，起身拿刀，便杀刘麒。慌得希真连忙夺住。刘广骂道："叫你保护祖母，你撇下他自己走了。"吓得刘麒俯伏在地，不敢作声。刘广又骂道："如今用不着你这东西，待我自去。"便飞身上马。希真、刘麒连忙追上去，不到得一箭之地，刘广箭疮迸裂，跌下马来，晕了过去。希真、刘麒忙去靠住，叫了半晌，才醒转来。刘夫人也赶到哭道："丈夫忍耐。"便对刘麒道："我儿你快去吧。"

刘麒提刀上马，仍回旧路。刘麒的娘子看见，痛哭不已。刘麒赶到乱军中，没命地杀进去，来往寻觅。可怜哪里见个踪迹。忽然撞着丽卿，浑身血污，杀将出来。丽卿道："哥哥见他们了吗？"刘麒道："别人由他，只是我失陷了祖母，爹爹要斫我。我救不出祖母，回去不得了。"丽卿道："我听那正南上喊杀连天，不知是哪里的兵马同贼兵厮杀。我和你索性往正南上去寻，或有些踪迹。"二人便一齐纵马上去。将近丁字坡，天已黎明，只见满地男女老少的尸体纵横，血流成渠。刘麒道："我祖母大半是休也，如何是好？"正说着，只听山坡上有人叫道："哥哥妹妹，快来！"二人抬头看时，只见山坡上一个小庵，刘麒认得是白衣观音庵。庵内一人开门出来，手持黄金锏，正是刘麟。二人大喜，忙纵马上山坡到庵前。刘麟道："你等冲散后，我保着祖母，冲杀贼军。祖母胃痛病又发，是我挟了祖母投这庵内，将祖母藏在佛柜中，关了门。从门内张望，盼个人来同救祖母出去。"刘麒大喜，和丽卿下马进庵，扶出刘母，保护着一同下山。不提防半路上撞着一队官军，将刘母捉去。那领兵的将官，正是刘广的仇人，便将刘母押入牢中。有年纪的人，如何禁得起这般磨折！便呜呼死了。后来刘广得知，真是痛不欲生。

　　且说当下慧娘陷在人丛中，幸被丽卿救出，未受损害。刘麟的娘子，已死于乱军之中。刘夫人又吓又悲，几番死去活来。其余都厮杀得神疲力尽。还幸贼兵已退，众人才得无事。可怜一个快乐家庭，被梁山泊强盗扰得七颠八倒。这正是言者伤心，闻者酸鼻！

大言牌

国韵小小说

　　话说明朝时候，江苏吴江县有个文素臣，天生神力，文武兼全，专以扶善锄恶为己任。一日，因为听得他的好友洪长卿，在京病已垂危，便觉心如刀割，着急异常。当时素臣在丰城未家卧病刚好，即提了行李，徒步动身。足不点地走了半夜，有一百多里路。当夜在路旁一个古庙里歇了，也没解开铺盖。约有半更天光景，更是耐不得了，又起身走了有四五十里，天才大亮。身边摸出几十文钱来买点心，吃了又走。到九江渡过江去，又渡过一港，耽搁多了，只走了一百七十里。到黄梅县地方，天色已晚，各家都上火了。因想欲速则不达，如此走法，怕身子走乏，反为不妙。还是稍稍安歇，夜里也睡一二个更次方好。主意定了，就下了饭店，打算雇骡。店家道："直要过了庐州府，到宿州桃源一带，才有骡雇哩。沿路若撞着回头骡子，更是便宜。若雇包程骡子，须十两一头，不如骑站骡便宜，也是快的。"素臣想雇包程的好，打开被囊，却并没银钱。想起临走匆忙，没有带得。忙把顺袋翻转倒出来，除所带药物以外，只有八九两银子。想那包程是雇不成的了，且骑站骡赶路罢。走了五日，才到红心驿地方。问明设有站房，那日就往站房里歇了。

　　原来素臣是骑不来小牲口的，连日所骑站骡力量又小，屡屡要跌仰下来。紧勒一勒，骡口又勒破了。到了站里，费尽唇舌，赔了一二百钱，才算了事。站骡又雇不成了。恰遇一群回头骡子，讲定五两银子送到京中。素臣大喜，连赶了几日。那骡吃不住，伏在地下，只顾喘气，总不起来。后面赶骡的来看见，打了几鞭，见打不起，知是真病。滚在地下乱哭乱喊道：“死了我了！”素臣心上更是着急。别的骡夫道：“不是哭的事，大家帮着扛起来，撮弄到前面店里去，请兽医看视。”哪知到了半夜里，骡子死了，那骡夫大哭大喊起来。店家人等都来劝说。素臣没法，将剩下的二两多银子、一条夹被、两件棉衣都准折了，赔算一半骡价。打发停当，已是四更天气。素臣提了被囊，径出店门。走到日出，已是滕县地方。第二日宿在东平，想着盘费将完，甚为着急。哪知愈急愈慢，又走错了路，整整地走了三日。这日赶到德州，因无银钱，一日竟未吃饭。觉得疲乏，将晚就下了店。店小二道：“爷还是进京的，还是来看大言牌的？若是看大言牌的，就替爷预备早饭哩。”素臣道：“是进京的，谁要看什么大言牌！”小二答应去了。素臣净过头面，往后面去解手。心里筹划盘费，想来想去，更无别法，只有当大衣服的一法了。正在凝神暗想，恰被侧手屋里一盆水直倾出来，冲着地下灰土，溅了素臣一脚都是泥水。素臣道：“什么人眼睛都没有的？”只见那屋里跑出一个人来，开口便骂，伸手就是一拳，劈面打来。素臣侧过头面说：“不要动粗，我并没有骂你。”那人又是一拳。素臣闪过笑道：“真个要打吗?"那人又是一腿踢来,素臣更耐不得,将脚照准那腿轻轻一洒,那人已是跌倒,大喊救命。就这一声喊,却把合店客人,一齐惊动,赶出房来。只听一个人叫道:"那不是素兄么!"素臣一看,大喜道:"原来是双人。"地下那人已是爬起,一道烟走了,众客人也各自走开了。双人问素臣为何进京。素臣道:"遇着你正好。"因问长卿病状。双人道:"长卿并未有病,因恐被权奸利用,托病告假,并非真病。"素臣听罢,大喜道:"我一路担着无限忧疑,岂知长卿不特不死,并未有病!"双人道:"弟明日要留此一日,去看大言牌。吾兄有兴,同去一看,到后日回南如何?"素臣道:"我此时得了长卿确信,其兴百倍,明日准陪吾弟同去便了。"

说罢,各自归寝。睡至五更,店小二来催素臣起身。素臣道:"我因遇着这位乡亲,已不进京,要同去看大言牌哩。"素臣、双人吃饭后,问了路径,同双人身边的一个小童意儿,走出店门。只见男妇老幼,挨肩擦背,都是看大言牌的。一路随行逐队,拥出东门。早望见一座大寺,寺前一座高台,台前两根旗杆,杆上扯起黄布长旗。见那旗上现出斗大的黑字,一边是"任四海狠男儿争夸大口",一边是"遇一个弱女子只索低头"。双人道:"不想是个女人,这也奇怪了!"素臣道:"休看轻了女人。我前日在丰城,看见两个卖解女子,也就不差。至今尚佩服她的胆气不小哩!"说着已走近台前。只见东首台柱边放一只朱红木斗,斗里竖起一根红竹竿,竿上五色彩线穿着一扇锦边绫面的竖头牌,随风招扬,上写"大言牌"三字。双人道:"吾兄若肯出场,便可先打碎此牌,后上台比较了。"素臣微笑,抬头看去,见一个大匾额,匾额上横着大红全幅彩绸。绸底下露出四个大金字:天下无双。素臣笑道:"这真是大言不惭了。"

看那台上,却是三个座头,正中一张交椅,高高的架起在一个盘龙座上,披着绣金红纱椅披,安一个藤心缎边暗龙纹的坐垫。两旁两张交椅,一色披着白纱洒金椅披,也安着缎边藤垫。后面一字排开四支豹尾枪。东边斜摆一张红柜,柜上放着天平戥子、纸墨笔砚之类。柜边一字儿摆着四张椅子。西边斜摆着一座架子,插着诸般兵器。台顶用席篷盖得密密的,不露一些日色。飞角四柱,俱用彩绸缠挂,下面铺着全场绒毯。四面游人拥挤,语言嘈杂。远远的搭着篷帐,卖那茶酒吃食。也有星卜挂招,也有走方卖药,也有撑着红伞卖西瓜,嘴里喊叫一个大钱一块。合那卖冰梅汤的,掂着铜瓯儿响做一片,闹得人心里发烦。进寺看时,山门大殿,虽也高大,却是倒败,并不热闹。走出寺来,对着擂台,又是一座小方台儿,也挂彩红,却没匾旗,也甚平常。中间设着两个座儿,却有一张公案,围着一条红桌围。正看得完,听得人声鼎沸,远远的彩旗摇摆,鼓乐喧天。两支号头,高一声低一声的吹将近来。几对枪棍过去,只见前面两个女子,骑着白马。后面一个道士,骑着黑马。素臣看去,哪知是在丰城看见过的。后面喝道之声，又是一位官员过来，当时各上台去。那道士便向擂台上居中高坐，两个女子列坐两边。那官员坐在小台左边，那把红绸交椅上。只听得小台上两支号头齐齐地掌了三声，便发起擂来。擂了三通鼓，那台上的人，齐齐发一声喊，把台下众人嘈杂都禁住了，静悄悄的没一些声响。只见那道士掀起胡须，高声说道："贫道兄妹三人，在西川峨眉山学道，奉峨眉真人法旨，下山普度通晓法术、精熟武艺、练习拳棍之人。路过本州，本州相公礼请登台。自本月十九日起，至下月十五日止，要普度有缘，同归大道。列位看官，不可当面错过。果有缘分，英雄本领，即请上台。"

道士说毕，台上人又齐齐发一声喊。只见人丛中早挤出一条大汉，跳上台去。那道士立起身把手一拱道："请坐了。"那大汉便向柜内坐下。那柜上一个人敲着天平。那大汉身边摸出四五锭小银，那柜上人撩下天平，提出戥子，称了一称。在柜内取出一封银子，问了大汉，拿纸笔写了些什么，叫大汉画了押。一个走下台来，如飞到小台上，连银递与州同看过，判着日子，压在公座之上。只听那小台号起，连掌三声，许多人役齐喝一声"放打"，这边台上众人，也齐齐发一声喊，就是那喊声里，擂台上右边坐的一个女子，把身上的纱衫纱裙卸去。那大汉也脱去外衣，两人各立门户。走到中间，动起手来，没有几个回合，那大汉吃那女子一夹，立刻蹲在地下，挣扎不动。那女子笑吟吟地穿好了衣裙。
那大汉只得一步慢一步地挣下场去。

　　台下众人齐齐喝彩道："这女人真好手段！"喝彩未绝，
台东边早飞上一个女子，手捻一锭大银，噌的一声响，往天
平里掷去。把衣裙一卸，就去与那女子放对。素臣急看，正
是那丰城江中唱歌走索的女子。擂台上左边坐的一个女
子，慌忙脱去衣裙，便来接手。一来一往，走有一二十个回
合。素臣看那台上女子，只辨着招架，渐渐地招架不来。只
见右边那个女子，仍把衣裙脱卸，忽地走入场来，三个女子
丁字儿站着厮打。台下众人，俱不平起来，只碍官府镇住，
不敢哄闹，却嘈嘈杂杂地议论。素臣心头火起，正待发喊，
只见台下早飞上一个女子，撞入场中，捉对儿敌住，正是丰
城江中一同唱歌走索的女子。打到后来，在台上左穿右插，
仰后迎前。把看的人眼光都耀花了，不住声地喝彩。素臣
看那台上女子时，脸红颈胀，气乏神亏。看那两个唱歌女
子，正是眼明手快，气旺神完。只见那道士闭着眼睛，牵着
嘴唇，像是念什么。看那唱歌女子，登时变起脸来。素臣知
是道士的邪术，想着预备的袖弩。暗道："可惜忘带身边，不
然，正好暗中助他一弩，除这妖道。救这唱歌女子的性命。"
再细看那唱歌女子，脚步已是散动，口里发起喘来。素臣见
事危急，将身子蹲下去，把肩头一摆，看的人纷纷滚滚闪落
两边。抢到东边一根台柱，用力一扳，只听见哗啦一响，如

山崩石塌一般，早把柱子扳断。那台便直卸过来，台上的人连桌椅柜架等物，一齐滚落地下。只空了道士一个，挽着西北角上柱子，悬空站立。台上台下，跌伤压坏的，哭喊爬滚，四边的人一齐发喊。素臣看那两个女子，已被两个后生背负。前面一个后生，如猛虎一般，打开条路，往西而走。看那两个卖打女子，已跑进寺门去了。

素臣见双人、意儿在人丛中挨挤不出，连忙走去，分开众人，携手出来。回到店中歇下，双人道："方才四个女子正打得好看，偏台倒了，没见输赢，真是煞风景。"素臣道："这台是怎么倒的？"双人道："都说是人多挤折了台柱，那台就倒了。"素臣道："你看那柱子有多少粗，怎挤得断？"双人道："不错呀，那柱有三四尺粗，怎挤得断呢？"意儿道："是文相公拉倒的，文相公分开了人，小的正看得清楚，台就倒了。"素臣道："实对老弟说，那两个打擂女子，就是我在丰城江中看见过的走索卖解的。道士暗施邪术，要害她性命，故愚兄扳柱救之。"双人道："弟出神在台上，竟不知道。怪道台倒了，就不见吾兄哩。"素臣等正在讲话，只见一个人在门口一探道："真算运气，居然寻着了。"素臣忙看那人，有二十多年纪，是走江湖的打扮，请素臣到外边说话。素臣道："你是何人，有何话说？这里别无外人，何妨直说。"那人低低说道："小人解鲲，家传卖解，领着那两个妹子，在江湖上走跳。前日在丰城江中，蒙爷赏了两锭银子，至今感念。今日两个妹子上台打擂，被道士暗算，又蒙爷搭救，真是重生父母。"素臣道："打擂时我不过在那里闲看，后来台挤倒了，就回来了，何曾有什么搭救的事？你认错了人。"解鲲道："人多眼暗，看的人也都认是挤倒的，唯有小人看得真切。妹子被道士暗算，因官府镇住，自己本领又低，不敢胡乱。正在着急，忽被爷把小人挤开，扳折台柱，救了妹子性命。这是亲眼见的，哪得会错呢！"素臣只不肯认，解鲲滴泪说道："爷不肯认，真教小人没法，但小人妹子被魔病危。前在丰城时，听说爷是神医，要求爷去一救，爷不肯认，这是小人妹子没命，辜负爷一番救拔之恩了。"素臣惊问："我怎是个神医，你妹子真个病魔着吗？"解鲲道："妹子不病魔，敢谎着爷吗？那日在丰城，蒙爷重赏，小人们感激。闻着人都说是一位名医，医好了县老爷的病，所以小的晓得爷是神医。"素臣道："你何不早说，只顾说那倒台的事，快领我去，休再噜苏了。"

解鲲喜出望外，忙揩干眼泪，领着素臣，走到一个小酒店中。进了一条小弄，连转几条弯才是。南北开窗，对面六间房屋，壁上架着诸般兵器，好生疑惑。忽地跑出一个人来，扑翻身便拜，说道："原来是文爷。"素臣慌忙扯着，正是开路的壮士。暗想："他如何知我姓文？又有些面善。"那人道："文爷不认得小人了，小人元彪，正月里在东阿山庄见文爷的。"素臣方才记起道："原来是你！我说怎么那样勇壮，你们弟兄都好吗？"元彪道："靠文爷洪福。"又一个汉子走来叩头，说是解鹏，随请素臣到北屋里去。只见两个女子都昏迷不醒，睡在床上，口吐白沫。素臣看了面色，诊一诊脉，开出药方。元彪忙去买来，将药服下，竟是霍然而愈。

当日素臣十分欣喜，走过南屋里来，问元彪道："你缘何在此？"元彪道："此处上接帝都，下通我们山庄，系往来大道、水陆码头。小人们往来，都在此店歇脚。这店家伙伴合本钱，都是山庄里的。今日小人去看大言牌，见这两个女子甚是英雄，后来忽地改变，就猜是道士的邪术。正是没法救他，忽然擂台倒了，小人就打开一条路，领到这里。那解鲲说是江西一位医生，扳断台柱，救他妹子的。小人想着那样粗柱，扳折得断，定是非常之人，心里也想结识。怂恿着解鲲，他也要救妹子，出来找寻，哪知就是爷！我说哪里还有这般神力的呢？"两人说话间，那两个女子同走过来，双双拜谢。素臣看那两个女子，已是复原，这才回店。次日与双人同车回南。看那车夫，却就是泼水打架的那个，素臣道："你昨日要打我，今日我却坐你的车子，这叫作不打不成相识了。"那车夫没口地分说道："小的昨日该死，喝醉了，得罪了爷。爷是大人不作小人之过罢。"素臣、双人一笑，也就罢了。

以文素臣之神力，无人能敌。遇着车夫泼水，竟不与计较，此正是素臣涵养功深，能识得大体处。凡人单身旅行，若遇着无端的横逆，须要如素臣之忍耐方好，不然未有不吃眼前亏的。

巡检招婿

国韵小小说

巡检招婿

话说文素臣自从得官之后，随同皇甫金相巡阅九边。走到临洮，与金相分手。金相回京复命，素臣带着使用的小童名叫松纹，向四川、云贵等处，游历一遍。及至到了广西之思恩地方，已是次年五月光景。那日在苗地中走了一百余里，竟无处去买饭食，午后方见一小小村镇，有两个饭店。主仆二人，即向第一家饭店投入。只见店内挂着钟馗神像，桌上瓶内插着石榴花，店主人脸上吃得红红的。迎接进去，就送上一口槟榔，有几个小儿小女，颊上都涂着雄黄。素臣暗忖："莫非正是午日？"因称赞那榴花道："比我们江南的竟大有三五倍！"主人听说是江南人，欢喜道："难得今日端阳佳节，就接着江南客人。"忙唤伙计把现成酒菜搬出来，一面答道："我们这村叫作看花村，村外各处俱有花园，这样榴花，还不算大哩。"

须臾，伙计托着酒菜出来，摆好桌上。主人自己斟了一杯酒奉上，素臣正在渴时，一饮而尽。主人连奉三杯，素臣连饮三杯道："主人请便。你这酒甚好，要你多卖几壶。"主人放下酒壶，命伙计去掇一小坛酒来，说道："只是价钱贵些。"素臣道："只要酒好，价贵些何妨。"因请主人把松纹带领过隔壁一间吃饭。素臣自斟自酌，伙计拿上饭来，素臣且不吃饭，坐着闲看。只见店里男女一阵风都赶出来，说是看官府。那店主便来推扯素臣，说是老爷们到，快些站起来。素臣颇有酒意，便不甚理他。店主用力想扯起素臣，却似生根的一般。正在着急，早有两个苗兵赶进店来，各持藤条，套着素臣颈项便走，却走不动。素臣道："做甚锁我？"苗兵道："官府拿你。"素臣道："是什么官，做甚拿我？"苗兵道："说出来要吓杀了你，是上林寨巡检大老爷。见你大剌剌的坐着，店家拉扯，还挺着不站起来，故此拿你。"素臣道："知道了，你叫他来见我，我有话说。"苗兵发怒，呼的一掌，向素臣脸上打来。松纹闻闹，早已走过这边，因素臣平日管教，不敢插话。今忽见苗兵动手，更耐不得，忙用掌向苗兵肩窝里一搪。苗兵仰跌过去，连那一个也碰倒在地，声声叫喊。惊动街坊邻舍，都来围看，称奇道怪。店主人却更加着急，说道："你这小哥，惹下祸来了。这巡检老爷的法度，好不厉害。你打他的人，他肯依吗？"一面说，一面去搀扶苗兵。苗兵爬起，见素臣仍是坐着，松纹怒目而视。情知敌不过，一跷一拐地去报官去了。

　　松纹问素臣道："苗兵此去，必有人来啰唣，该怎么发付他？"素臣道："我这会子，酒正涌在心口，且待下去了再处。"松纹问可要吃茶，素臣摇头。松纹又问："爷还没吃饭，吃些饭压下酒去吧。"素臣道："饭一下去，就要吐了，使不得。"主仆二人，正在问答，店门外已拥着三四十人。那被推跌的苗兵，指着松纹，说是凶手。众人都不信道："怎么这点孩子，有那般本事？"估量了一会儿，只得拥进店中，来拿松纹。松纹不敢行凶，只把当先的或是一拉，或是一推。拉着的便倒入店中，推着的便跌出店外，跌倒几个。不见素臣吆喝，便率性将两手往外连推，便把三四十个苗兵，一齐向街心纷纷滚滚的，跌作一堆，叫苦连天。素臣被这一番大闹，酒已醒了大半。站起身来喝道："不许动手！"松纹被喝即住。各兵抱头鼠窜。听得一处锣声，店主探头出望，大惊失色道："客人不好了，不知有许多老爷来了！"素臣笑道："多几个不妨。"须臾轿马填门，有一位官员，先入店中。将素臣仔细一看，急走上前，附耳密问。素臣也把那官员仔细一看，附耳密答。那官员急忙抱住素臣，长跪于地。旁边看的人，都惊骇道："怎么老爷都跪起客人来了！"

原来那官员，名叫解鲲，是受过素臣好处的。解鲲才跪下，随后一位官员趋入，解鲲拉着也跪下去，那便是他的兄弟解鹏。把看的人愈加惊吓，都道："这是我们的老爷，怎也跪着这客人？"素臣两手相搀道："请起，休失了观瞻。且问你二人，现居何职？去岁我同皇甫兄巡历九边，有许多武职，由广西调去的。问你两人姓名，都不知道。"解鲲道："小人改名羊化，现任迁江卫同知。兄弟改名羊运，现任上林卫同知。恩爷巡视九边，恭喜已入朝就职了。"素臣道："我虽钦赐翰林，却未到任，是东宫命我同皇甫金相巡视九边的。

你我同为王臣，不可复称小人。"羊化道："以后遵命便了。"
当时把众人让入店中道："此是翰林文爷，弟曾受过大恩
的。"各官见说是一位翰林，都一齐下跪。看的人这才知道，
素臣不是客人，是一顶大的大官。素臣连忙扶起道："弟偶
尔路过，冠服不备，各位俱请以常礼相见。"众官俱打恭站
立。内有一员，跪地不起，说道："卑职该死，冒犯大人。"素
臣问知是上林寨巡检岑猛。笑道："不知者不罪，快请起
来。"店主人已搬有三五条板凳，七横八竖的摆下，各官都不
敢坐。素臣道："彼此并无统辖，哪有不坐之理！"强之再三，
方各打一拱，请素臣朝外而坐，各官两旁坐下。

当时店家托上茶来，茶罢，问各人姓名职任。羊化道：
"这是上林卫金事钟赞，这是迁江卫镇抚尧进，这是上林卫
千户卞本，这是迁江寨巡检岑铎。"素臣问："因何齐集一
处？"羊化道："岑巡检昆玉，设席村外榴园，请各位庆贺端
阳，故集一处。因兵役们报说，被一路过孩子，打坏了数十
名苗兵，各位俱以为奇，故一同到此。"因看着松纹道："想就
是这位尊使了。"素臣道："实不相瞒，弟今日多饮了几杯空
心酒，为其所困。岑老爷差人来唤，不能应命。众人怒弟违
逆，当即掌责。这小厮无知，恐伤弟面，辄用手拦隔，致有跌
仆。弟若非困于酒，则断无此事矣。"慌得岑猛忙跪下去道：
"卑职该死，求大人恕罪。卑职立刻把那动手的兵役绑过
来，凭大人处死。"素臣忙令起坐道："才说过的不知者不罪，

即使真被掌责，亦可勿论，如何要处置他起来？"岑猛及各官俱打恭道："足见大人天地之量。"羊化问松纹年纪，松纹走近一步，打千回说："小的今年十五岁。"羊化慌忙扯起，却见他腰里插着军器，甚是笨重。用手去掏将出来，却直挫下地去，忙用了手劲，才拿得起，却是两柄大锤。羊化大惊道："这锤敢有百余斤，常时插在腰间，非有千斤之力者不能。千军万马中，尚可所向无敌，何况这几十个蠢材！"各官俱想拿起来看，还有拿不动的，都相顾失色。岑猛道："欲求尊使轮舞一回，不知可否？"素臣暗忖："松纹膂力有限，未必能舞。但既常插在腰，想来还可抡动。"因店中狭窄，说道："岑老爷要看你舞锤，若舞得动，可到街上试舞一回，却不可勉强。"松纹答应，提锤而出。站定脚跟，使个身法，抡动起来。竟如两柄木锤一般，使得灵便非常，光芒闪烁，令看者不能注视。迎着风呼呼的响，一团白气，满身跳掷。人人喝彩，个个称奇。舞了一会儿，自知气力不加，素臣又吩咐不要勉强，因看着街旁有一块大捣衣石，直滚至前。轰的一声，把那石打得五花星散，爆满一街。被碎石打着的人，都头破血流，直声哭喊。看松纹时，手靠双锤，并足而立，却是口不喘气，面不改容，只如未舞时一般。众官满面失色，赞不绝口，连素臣也出于意外。甚是欢喜道："也还算亏他，不致十分出丑。"众官称赞道："大人尊使，有此神力，游行天下，足资护卫矣。"素臣微笑。羊化道："各位还不知大人的神力哩，敢怕这样大锤，舞动一二十柄来。"众官吐出舌头，缩不进去，素臣看了，暗自好笑。

岑猛请素臣往榴园一叙，素臣因有前事，恐其芥蒂，也就应允，随同众官前去。及至席散，已是定更。羊化、羊运，陪着素臣往上林卫来，一路众官陆续辞去。到了衙门，羊化、羊运随同进内，重复行礼。请入澡室净洗，出来献上凉茶，三人就座，叙述别后情形，直到夜深，才各自就寝。次日清晨，岑猛即来求见。羊运留饭，饭后仍留不去，候至岑铎来见，向其耳语。岑铎因问素臣道："尊使是家生还是契买？"素臣答："系朋友所送。"岑铎道："大人家中尊使，还有这般本事的没有？"素臣道："弟童无几，却都比这厮好。"岑铎吐舌道："还有比这位好的，这真是天神了！"不瞒大人说："卑职弟兄，因与逆侄为难，时刻焦心，幸遇尊使这般神勇。痴心欲向大人求下，为一保家之主，只恐大人全仗他为爪牙，就不敢启齿。今闻勇仆甚多，不揣冒昧，斗胆直陈。舍弟有女娇凤，年方十三，愿招尊使为婿，谨奉千金，作为身价。不知大人能俯从否？"素臣道："弟虽贫，也不至卖仆。千金身价，再也休提。至为婿之说，二位现系朝廷命官，岂可以家童为婿，玷辱门楣！"岑猛道："这却不妨。卑职苗俗，只重勇力，不论门楣。尊使若赘到卑职家中，便是巡检之婿，属苗敬畏非常，哪敢轻视。兼有这般神力，更有何说！"羊化、羊运也为竭力撮合，素臣听说，只好应允。岑猛大喜，一面吩咐从人料理酒筵彩轿等事，一面同着岑铎告辞，预备招婿去了。

次日，择定五月十二黄道吉日入赘。一切行聘等事，俱是羊化帮着素臣料理。到十二这日一早，岑家先送来了一乘大轿、两乘中轿，请素臣等去会席。松纹坐入大轿，素臣、羊化坐上中轿。来到岑家，新人交拜过，摆上席来，大家入座。连主及客共是八位官员，只有一人是道家装束，面相甚是凶恶。素臣本不喜道士，又见这般凶相，便不甚理他。岑猛道："这位仙长，道号峒元，是久经得道的。"素臣唯唯。当下定素臣首席，峒元对坐，两大媒东西首席，以下各官挨坐相陪。一会儿席散，素臣等辞谢回来。到了晚间，羊化弟兄向素臣说道："恩爷今晚睡觉要警醒些，防备那道人前来谋害。"素臣骇然道："我与他无怨无仇，怎要谋害起我来？"羊化道："那峒元深通妖法，这一方人都受他制伏。往常不论是何筵宴，俱坐首席，今日恩爷坐了首席，他已大不悦了。加以恩爷自入门以至席散，没有理他。我们见他满面怒容，侧目而视，知道他心怀不良。素知恩爷不怕邪术，故也不在心上。方才岑氏兄弟，再三叮嘱，故复向恩爷饶舌。"素臣道："邪不胜正，死生有命。夜间有甚响动，你们俱不必惊慌，也不须起来窥探，恐被邪术所伤。"羊化、羊运俱唯唯遵命，说罢各自安寝。

是夜，素臣不点灯烛，身边取出宵光珠。此珠是素臣征服海盗时，在海中梦见老蚌相送，夜间发光，满室明亮，隐身珠下，他人不能见。素臣把来悬挂床前，手内执着宝刀，在床默坐。二更以后，一阵风声，两扇窗槅洞开，一只斑斓猛虎，跳入房中，直向床前扑来。素臣手起一刀，只听得嗥叫之声，向外跌扑而去。看床前时，落有半段血淋淋的狗腿，用刀尖将其挑过一边。不多时风声起处，张牙舞爪地蹿进一条金龙，蹿至宵光珠前，即落于地。看地下时，却并非金龙，是一条黄色丝绦，也用刀尖挑过。三更以后，三四个青面獠牙的恶鬼，各持刀剑，跳入窗来，东西搜觅，总看不见素臣身影。有一个用刀来挑明珠，被素臣一刀削去四个指头。刀刮下去，又带伤了后面一鬼的毛腿，血洒床前，都抱头鼠窜，跳窗而去。须臾只见一把飞刀，直飞入来。正待把宝刀架隔，那飞刀已铮的一声落在地下。接连又是一把飞入，依然落在床前。取起看时，连那断指恶鬼手中落下的一把，共是三把上好的苗刀，一齐丢入床下。又隔一会儿，忽然窗槛上火起，焰腾腾地烧着。素臣咳一口涎痰，远远的吐向火里去，那火登时灭熄。看那窗槛，仍然如故，并没烧损痕迹。哪知槛火虽灭，忽地抛进一个火球，满地乱滚。滚着桌椅箱笼等物，无不被烧，却总滚不到床前。火光透向珠边，便自消灭。素臣复吐出唾沫，火皆立熄。被烧之物，不损分毫。素臣也就不吐唾沫，任他去烧。不一时，烧得满屋通红，烟焰四起，毕毕剥剥，爆响有声。又怕当真烧坏了器物，也且被缠得厌了，因正要小解，便向那火球上撒下溺去。谁知这一溺，不特球上之火无影无踪，并把满房烟焰全消，遍屋火光尽灭。溺里浸着一人，翻滚哭喊。素臣走来看时，却是一个十六七岁的道童，满身都是朱砂画着火焰纹色。当下用那条黄色丝绦，将其捆缚起来，丢在墙脚。仍复上床默坐。

自此以后，既无怪异。直到东方发白，羊化弟兄进房问候，素臣收起宵光珠，把夜来之事说知。羊化、羊运脸都吓白了。忙到墙角边一看，认得是峒元之子，有名的红孩儿。素臣令羊化押在外边，闭上门窗，待自己略睡一会儿。羊化等依言，把红孩儿押带，关门而去。红孩儿哀告哭求，羊运叫人取水替他浇洗，换了三次，把身上的溺全洗净了。不一会儿，松纹回门，羊化摇手，令勿惊醒素臣，并告诉夜间之事。松纹问红孩儿道：“我们爷与你家并无怨仇，怎起这恶心？是弄什么法术，反害了自己？”红孩儿道：“这是我父亲该死，说文爷在席上不把他当人。先咒着一只黄犬，变作猛虎来，被文爷砍去了半条腿。跑回去倒下，堪堪待死。又咒了一条丝绦，变作金龙，又被收住了。只得差了四个徒弟，变作恶鬼，各持刀剑来杀文爷。不知文爷藏在哪里，空中一刀劈下，把一个师兄的手指剁掉四个，又刮伤一个师兄的腿。然后用飞刀来取首级，却一连两把都被收去。”父亲道：“一不做二不休，只得要用火了。把我身上画着火焰，咒进房去，打算连人连屋，都烧成灰烬。哪知只有火形，并没火性。一切器物，烧了半天，仍复如旧。床前挂着一颗珠子，连火光都冒不上去。我正想逃走，不料被文爷一泡小便，把我浸在中间，烟火俱消。疼痛欲死，脱身不得，就被捆住的。"

松纹正在根问，峒元已求了岑氏兄弟，一同到门。羊化、羊运忙走出去，只见峒元背负荆条，哀告两人，转求素臣，恕他冒犯之罪。羊运进房，素臣已醒，因把峒元请罪之意说知。素臣走出房来，令人解去其缚，撤去荆条，命之使坐。峒元叩首哀告，跪在地下，不敢就座。素臣笑道："只要你以后不行此邪术伤人，我就饶你。"峒元慌忙发誓道："若再行邪术害人，不得好死。"素臣扶起峒元，立将红孩儿唤至，并将半段狗腿、一条丝绦、三把苗刀俱行发还。峒元羞惭满面，领着孩儿，叩头拜谢而去。松纹拜过素臣，羊化摆出酒来，大家入座。席散后，松纹随同岑氏兄弟回去，去做他的巡检女婿去了。

古来婚姻制度，阶级最严。以文素臣之通达，尚以松纹是个家童，恐辱没了巡检门楣，他人更可想而知。现在改建共和，此种阶级思想，或可铲除尽绝的了。

洞庭红

国韵小小说

洞庭红

话说明朝成化年间，苏州阊门外有一个人，姓文名实，字若虚。生来心思灵巧，做着便能，学着就会，琴棋书画，吹弹歌舞，件件精通。他自恃才能，不十分去营求生产，因此将祖遗的千金家财，日少一日。后来晓得家产有限，看见别人经商图利的，时常获利几倍，便也思量做些生意。却又百做百不利，不但自己折本，就是与他搭伴的，亦无不失败。不到数年，竟将家产弄得干干净净。乡人见他如此，遂替他取了一个绰号，叫作倒运汉。

一日，他的邻居张大，又要往海外去做生意。若虚私自思道："我既一生做事不利，生计将绝。不如附了他们海船，到了海外看看风景，也不枉人生一世。"正思量间，恰好张大踱将进来。原来那张大名唤张乘运，专做海外生意。眼里认得奇珍异宝，又且秉性爽慨，肯扶持好人。所以乡里也替他取一个浑名，叫作张识货。当下若虚便把此附船游玩的意思一一与他说了。张大道："极好极好，我们在海船里方嫌寂寞。若得兄去，又多一伴侣，也可解解气闷。众兄弟们，料想多是欢喜的。只是一件，我们都有货物带去，兄并无所有，觉得空走了一趟，未免可惜。待我去与众人商量商量，多少凑些出来助你，将就置些东西也好。"若虚道："只怕没有人如兄的厚情，肯来周全小弟。"张大道："不要管他，且去试试看。"说着一径去了。

　　过了半日，只见张大气愤愤地走来道："那些人真真好笑，说道你去，无不欢喜。说到助银子一层，就没有人作声了。今我同两个要好的弟兄，凑得一两银子在此，也办不成甚货，凭你买些果子吃吧。饮食一切，俱归我们担任。"若虚接了银子，称谢不已。张大去后，他便亦走出门来。拿着银子，看了又笑，笑了又看道："这些些银子，置得甚货，置得甚货？"说着，信步行去。只见街上叫卖橘子的实在不少，这橘子是太湖中洞庭山所出，名曰洞庭红。因洞庭山地暖土肥，与福建广东无异。福橘广橘的名声，播满天下。洞庭红与它颜色香味一般，不过初时味略带酸，后来熟了，也甚甜美，价却比福橘便宜得多了。当下若虚见了此橘，心中暗想道："我一两银子，倒可以买得不少。在船中既可解渴，又可分送众人，以答助我之意，岂不甚好。"想罢，便上前去买，买成装上竹篓，雇人并行李挑下船去。众人见了，都拍手笑道："文先生宝货来了。"若虚羞惭无地，只得吞声上船，再也不敢提起买橘的事。开得船来，渐渐出了海口。只见银涛卷雪，雪浪翻银，三五日间，随风飘去，也不觉走了多少路程。忽至一个地方，舟中望去，人烟聚集，城郭巍峨，晓得是到了什么国都了。舟人把船驶入藏风避浪的小港内，钉了桩，下了锚。船中人上岸一看，原来是来过的所在，名曰吉零国。

将中国货拿到这里来卖，这里货拿到中国去卖，都是一倍有三倍之利。众人多是在此做过交易的，各有熟识的行家通事，都上岸找寻发货去了。

若虚既无货物，又且路径不熟，也无处走，只得仍在船中闷坐。忽然想起："我那一篓红橘，自从到船以后，不曾看过，倒不要被人气蒸烂了。趁着现在无人，何不看他一看！"想罢，忙叫水手取出那篓橘来。打开看时，只见上面一层，个个完好，略为放心。便一层一层地看下去，把那看过的都摆在船头上面，等到看完已摆满一船头了。远远望来，好像万点火光，一天星斗。

岸上人都走来问道："这是什么东西呀？"若虚因言语不通，只不答应，但拣了一个有白点的，剥开来吃。岸上看的人益发多了，都惊笑道："原来是好吃的。"就中有一人走来问价，船上水手替他竖起一个指头道："要一钱一个。"那人闻言，在身边摸出一个银钱来道："买一个尝尝。"若虚接了银钱，觉得有两把重，心下想道："不知这些银子要买多少，且先把一个与他看样。"遂拣个极红得可爱的，递了与他。只见他接在手中，扑的就剥开来，香气扑鼻，连旁边闻着的许多人都叫好。那人剥去了皮，却不分瓣，一块儿塞在口中，甜水满嘴，连核都不吐，一齐吞下去了。吃完之后，哈哈大笑道："妙哉妙哉。"又摸出十个银钱来，要买十个，去奉敬头目。若虚喜出望外，便拣了十个与他。一班看的人，见那

人如此买法，遂也有买一个的，也有买两个的。须臾之间，
已剩得不多了。又停了一歇，只见先前买十个的那人，骑了
一匹青骢马，飞也似奔到船边。下了马，分开众人，大声叫
道："不要零卖！不要零卖！尚有多少，俺头目一总收买，去
进贡国王的。"众人听见这话，便远远走开，站住了看。若虚
是个伶俐的人，看见来势，早已心中明白，晓得是个好主顾。
连忙把篓中的橘，尽数倾出，数一数只剩五十余个。便道：
"这几个留着自吃，不卖的了，如肯加些价钱，尚可再让几
个。"那人肯出两个银钱一个，务要全买，若虚只肯卖一半。
说来说去，五十一个橘子，足足卖了他一百五十六个银钱。
那人另出一个银钱，连竹篓也买了，把篓拴在马上，含笑而
去。众人见已买完，遂一哄而散。若虚进了舱，把银钱来称
一称，每个有八钱七分多重。数一数，将近一千个，把两个
赏了船家，其余的收拾在包内，好不欢喜。

　　少顷，众人回来。得知此事，都惊喜道："造化造化！我
们同来，倒是你没本钱的得了大利。"张大便拍手道："人都
说他倒运，而今想是转运了。"过了几日，众人交易已毕，便
上船开行。一日午后，忽然天气大变，狂风怒吼，雪浪滔天。
船上人见风色凶猛，扯起半帆，不问东西南北，随风势飘去。
隐隐望见一岛，便带住篷脚，只对着岛边驶来。相离半里光
景，细看却是一个无人的荒岛，遂驶到藏风处，抛锚下锭。
等候风势小些，再行开船。若虚因身边有了银子，恨不得插

翅飞到家里，此时叫他守风呆坐，心里好不焦躁。便问众人道："我们且至岛上，看看如何？"众人道："一个荒岛，有何好看？"若虚道："总是闲着，去去何妨。"众人都被风颠得头晕，个个是呵欠连天，不肯同去。若虚便独自一人抖擞精神，跳上岸来，攀藤附葛，直走到岛之绝顶。那岛虽不甚高，只是荒草蔓延，无好路径。到得上边，往下一看，四顾茫茫，身如一叶，不觉凄然下泪。心里想道："我如此聪明，不幸家业消亡，剩得只身，漂流海外。虽然侥幸得着千余个银钱，今在此绝岛中，性命尚不知如何！"正感慨间，只见远处草丛中，有一物突然高起。走近一看，却是如床大的一个败龟壳。大惊道："天下竟有如此大龟！世上人哪里曾见过？说也不信的。我自到海外一番，未曾置得一件海外货物，今带了此物回去，也是一件稀奇的东西。又且锯将开来，一盖一板，各置四足，便是两张床，岂不奇怪。"想罢，便解下汗巾，穿在龟壳中间，打个扣儿，拖着就走。到了船边，船里人见他这般模样，都笑道："文先生又拖了一件什么东西来了？"若虚道："好教列位得知，这就是我海外的货物了。"众人抬头一看，不觉都惊异道："好大的龟壳，你拖来何干？"若虚道："也是罕见的，就带了它去。"众人大笑道："好货不置一件，要此何用？"有的说道："也有用处，医家要煎龟板膏时，拿它去打碎煎起来，也当得几百个小龟壳。"若虚道："不管它有用没用，总是稀罕的东西，又不费一文本钱，何妨带了回去！"说着，便叫两个水手，抬下舱来。初时岛上空阔，还不觉十分大，现在舱中看去，益发大了。若不是海船，也装不得这样笨重东西。大家见了，又取笑道："到家时如有人问及，只说文先生做了如此大乌龟生意来了。"若虚道："不要笑我，好歹有个用处，绝不是弃物。随他众人取笑罢了。"说毕，颇觉得意。后又取些水来，把龟壳内外洗一洗洁净，抹干了。却把自己的钱包行李，都塞在龟壳里面，两头用绳子一捆，当了一个大皮箱。自家笑道："不是眼前就有用处吗？"众人都笑将起来道："好算计，好算计，文先生到底是个聪明人！"

　　次日风息，开船而行，不数日又到了一个去处，却是福建地方。才停了船，就有一伙惯接海客的小经纪，来招呼他们到一家姓玛名宝哈的波斯人店中。那店主人听说海客到了，连忙先办酒席。吩咐停当，然后出来与众人相见。众人都与他做过交易的，自然相熟，只文若虚不曾认得。看那波斯人在中国住得久了，衣帽言语，都与中国相同，不过深目高鼻，有些古怪而已。众人用过了茶点，主人便请他们到一个大厅上，只见酒筵都已完备。主人道："请列位拿出货单来一看，以便好定座位。"原来旧例，海船一到，主人先款待一番，然后发货讲价。排座位时，只看谁的货物顶贵重，就请谁坐在首席。其余的亦看货重轻，挨次坐去，不论长幼尊卑。这是一向的规矩。当下众人各依自己货物贵贱，挨次坐下。若虚既无货物，只得呆呆地站在那里。主人道："这位客官，未曾会过。想是初次出海，置货不多。"众人道："这是我们的朋友，到海外去游玩的。虽有银子，却未置货，无奈只好屈他末席坐了。"若虚满面羞惭，坐了末位，主人在横头相陪。众人猜枚行令，欢呼畅饮，只有若虚闷闷不乐。主人看了不好意思，也劝了他几杯。众人都道酒够了，上船发货去吧。便一齐辞了出来，回到船上。

少顷，主人来回拜。一走上船，见舱里那件很笨重的东西，早吃了一惊道："这是哪一位客官的宝货，昨日席上并不曾说起，莫非是不肯卖的吗？"众人都笑指道："此乃敝友文兄的宝货。"主人向着若虚一看，满面涨得通红，带了怒色。埋怨众人道："我与诸公多年相处，如何作弄我，教我得罪这新客，把一个末位屈了他，是何道理？今且慢发货，容我上岸谢过罪再来。"说着便扯了若虚上岸。众人不知其故，十余人都随了上来，重到店中。主人对着若虚道："适间得罪得罪，且请坐一坐。"若虚心中暗想："不信此物是宝贝，莫非竟有这等造化不成？"主人走了进去，须臾出来，仍请众人到先前吃酒的地方，又早摆下几桌酒。为首一席，比前更加齐整。主人把盏向若虚一揖，就对众人道："此公正该坐第一席，你们枉有一船货，也还赶他不上。先前失敬失敬。"众人听了，又好笑，又好怪，半信不信的一带儿坐了。酒过三杯，主人遂启口道："敢问客官，此宝可肯卖吗？"若虚是个聪明人，便趁口道："只要有好价钱，为何不卖？"那主人听得肯卖，不觉笑逐颜开，起身道：“果然肯卖，但凭吩咐价钱，不敢吝惜。”若虚其实不知值多少，讨少了怕不在行，讨多了怕惹人笑。忖一忖面红耳热，反而说不出价钱来。张大便与若虚丢个眼色，将手放在椅背后，竖着三个指头，再把第二个指空中一撇道：“索性讨他这些罢。”若虚摇头道：“这些我还讨不出口。”在这个当儿，却被主人看见道：“果要多少价值，但说何妨？”张大捣一个鬼道：“依文先生说，像要一万呢。”主人呵呵大笑道：“这是不肯卖，哄我而已。此等宝物，岂止值此价钱？”众人听说，个个目瞪口呆，都立起身来，扯若虚去商议道：“造化造化，想是值得多呢，我们实在不知如何定价，文先生不如开个大口，凭他还罢。”若虚终觉得有些碍口，主人又催道：“实说何妨？”若虚只得讨了五万两。主人还摇头道：“罪过罪过，没有此话。”扯着张大私问道：“老客官，你往来海外，不是一番了。人都叫你张识货，岂有不知此物就里的？必是无心卖我，奚落小子罢了。”张大道：“实不瞒你说，这个是我的好朋友，同去海外玩耍的，故他未曾置货。此物乃是避风海岛，偶然得来，并非出价置办的，故此不识得。若果真有五万两银子与他，够他富裕一生，他也心满意足了。”

主人道：“如此说，要你做个大大的保人，当有重谢，万万不可翻悔！”遂叫店小二拿出文房四宝来道：“烦哪一位代写一写。”张大指着一人道：“此位客人褚中颖，写得极好。”

主人便把纸笔让与褚客。褚客磨浓了墨，提起笔来，写下两张合同。客人文实，主人玛宝哈，中人张乘运等十余人，次第画了花押。主人便命人抬出一箱银子来道："我先交明白了佣钱，然后付价。"众人闻言，都攒将拢来。主人开了箱，点了一点，却是五十两一包的银子二十包，总共一千两。遂向着张乘运道："这些银子，凭着客长收下，分与众位罢。"众人当初吃酒写合同的时候，还有些不信的意思，如今见他拿出雪白的银子来做佣钱，方知是实。若虚更欣喜欲狂，连话都说不出来。众人收了银子，乃齐声问道："交易已成，不必说了。只是我们毕竟有些疑心，此壳有何好处？值价如此！还要请主人见教。"若虚道："正是正是！"主人笑道："诸公枉在海上走了多年，连这些也不识得。此乃鼍龙之壳，鼍龙即龙生九子之一种。其皮可以幪鼓，声闻百里，所以谓之鼍鼓。鼍龙到了万岁，方才脱下此壳成龙。此壳有二十四肋，按天上二十四节气，每肋中间节内有大珠一颗。在肋未完全的时候，虽也有生捉得他来的，然只好将皮幪鼓，其肋中并无东西。直待二十四肋，肋肋完全，节节珠满，然后蜕了此壳，变龙而去。今此壳系天然蜕下，气候已到，肋节俱全，与生擒活捉的不同，所以有如此之大。但壳不甚值钱，其珠则皆有夜光，乃无价之宝也。"众人听罢，正在疑信参半，只见主人已叫了二十余名扛夫，将五万两银子，陆续扛到船中。若虚点收已毕，便将龟壳交与来人带回，自己亦在后跟着。龟壳扛至店中，主人就走进去了，一会儿笑嘻嘻的出来道："请诸公看看。"说着，解开一个西洋锦的包来，只见包中裹着寸许大一颗夜明珠，光彩夺目。取个黑漆小盘，放在暗处，其珠闪闪烁烁，滚个不定，约有尺余亮处。众人看了，都惊得目瞪口呆，伸了舌头缩不进去。主人回身转来，对众人一一致谢道："多蒙列位作成，只此一颗，拿到咱们国中，就值方才的价钱了。其余的都是尊惠。"众人个个心惊，却是说过的话，不好翻悔。主人见众人有些变色，急忙收了珠子，直到里边。又叫抬出一个缎箱来，除若虚外，每人又送了缎子二匹、细珠一串。文若虚处，另送粗些的珠子四串、缎子八匹，用作纪念。众人受了，莫不称谢。

少顷，别了主人回到船上。若虚向众人谢道："多承列位挈带，有此一注意外的钱财。"说着便把自己包内卖洞庭红的银钱，倒将出来，每人送他十个。张大与先前出银助他的，分外又送了十个，聊表谢意。又拿出几十个，分赏与众水手。大众称谢不尽。过了数日，众人货已卖毕，开船回国，到得苏州。若虚置产娶妻，成家立业，嗣后做事，无不顺手，不上十年，竟成了一个大大的富翁。若虚于无意中得了一注财，虽云是他的侥幸，然亦是自己去寻出来的。倘使他也像众人畏难，不走到那岛上去，哪能得着这许多银子呢？照此看来，可见一个人能够遇事不畏难，就不患无出头之日了。

教场打拳
国韵小小说

话说明朝有一位落难的英雄，姓洪名锦，同着母亲及妹子锦云，由杭州坐船，往沧州进发。这日舟泊维扬，洪锦便叫船户上岸，打了些酒，独自畅饮，不觉酩酊大醉，梦到黑甜。那时有个钻舱的恶贼，姓牛名洪，浑名黑夜鼠，专在水面上钻舱打劫。这夜偏生来到洪锦船上，见船上人等，睡得寂然无声。登时将闷香烧起，匿足潜踪，钻入舱内，倾箱倒箧，将所有的衣服银两，偷得干干净净。此时无一人知觉。等到天明，船户起来，预备开船，只见舱门大开。惊唤洪锦道："舱中失窃了，客官快快起来！"洪锦等应声而起，见那箱笼内衣服银两，全行失去。这一急非同小可，随即叫船户找了一处招商客店，暂且住下。当下就向店主人费五借了一支笔，开具了失单。又问明江都县衙门的路径，便辞别了洪夫人，前往报案。

不多一刻，洪锦已到县衙，打听得现任知县，姓胡名图。却好胡知县正升堂理事，便向公案前双膝跪下，先将被窃情形申诉一遍，然后将失单呈上。只见胡知县高坐堂上，把眉头一皱，望下说道："呔！好没来由，尔可知此地自从本县到任以来，从未有什么盗贼。难道本县清如镜明如水，还给你讹诈不成？"洪锦闻言，暗笑哪有这样糊涂人能做知县。因道："县太爷不要动怒，俺也是官家子弟。只因运蹇时乖，才弄到如此地步。今日冒昧前来，委实被窃，还求县太爷格外垂怜，查个水落石出。那就感恩戴德，没齿不忘了。"那胡知县听说，笑嘻嘻地道："据你这样说法，不是讹诈本县，定是一定被偷的了。"洪锦答应了一声"是"。胡知县又道："既是如此，本县倒要问你，这个贼姓甚名谁，家住哪里，你可将他交来，待本县代你重办。"说罢，只是笑嘻嘻地望着洪锦。洪锦闻言，真个急煞。暗思这样不明事理的人，也配做一县的父母官。因辩说道："俺若知贼的姓名住处，早把他捉来报案，何必还要求县太爷出差抓获呢？"胡知县见洪锦定要他捉贼追赃，登时老羞成怒，将惊堂木一拍，大声喝道："好混账的东西，胆敢无理取闹！差役们，赶快替我拖他出去！"此时值堂书吏，见胡知县闹得不成事体，因上前说道："启禀太爷，这捕贼追赃，实是太爷分内的责任。若要叫失主拿获到案，那还要县太爷做什么呢？况且太爷为民父母，民间有了盗贼，必然百姓受害。太爷能出差捉住了重办起来，也是太爷勤慎从公、为民除害。等到太爷任满之后，那些百姓感戴太爷的恩德，也还要公送几把万民伞、几扇德政碑。这是何等光辉，何等体面！倘连这小小的窃案，不但不给人家出差捕获，还要叫失主指出名姓，这句话将来传了出去，那就声名狼藉了。据书办的愚见，太爷是应当准他捕获的。"

胡知县听说，拈着须，沉吟良久。才望着书吏说道："此案是应当本县给他出差捕获，不应该叫他交出贼人的吗？既如此说，那就是了。且叫他好好的下去，待本县代他标差便了。"洪锦这才退出。暗想："那书吏的一番话，真个入情入理。大约是因为胡知县糊涂到底，只顾贪赃枉法，不知除暴安良，一县遭殃，万人唾骂。才肯说出那几句良心话来。不然，俺洪锦真死无葬身之地了。"一面想着，已回到客店，就将以上的话对着母亲妹子说了一遍。洪夫人及锦云听说，又是好气，又是好笑。只得住在客店，等候县里捉贼追赃。洪锦隔两日便到县里催一次，一连催了七八次，足足等了一个多月。哪里捉到个贼，追到个赃。看看房饭无资，难以度日，加之人地生疏，无门告贷。洪锦慨叹身世，只是长吁短叹。真个是英雄落魄，用武无地了。

一日，洪锦信步出游，借解愁闷，却好走到教场。但见人声鼎沸，热闹非常。四面一瞧，也有玩杂耍的，也有变戏法的，也有摆书场演说盲词的，也有卖各种吃食的。形形色色，都在那里混钱吃饭。洪锦看罢，猛然触起心事，暗道："俺洪锦颠沛流离，至于此极。与其日坐愁城，何不在此想个变通办法，也好贴补日用。"心中想罢，便向众人拱了拱手，带笑说道："在下姓洪，本是沧州人氏，只因同了母亲妹子回籍，道经贵地。夜遇钻舱恶贼，窃去银两，虽曾投官报案，求代捕贼追赃。怎奈一月有余，人赃未获。俺的母妹，现住招商客店，房饭难敷，不得已借贵地打两套拳法，望诸位仁人君子，随意帮助帮助。"话才说完，那些看热闹的人，已团团的围了一转。

当下洪锦便开架落带起来。只见他上三下四、左五右六，先打了一套。然后将那雪花盖顶、枯树盘根、独虎归山、双龙出水，各种架势真耍得风雨不透。只见他两只拳头，或上或下、或左或右，将他的身子都遮盖起来，看不清楚了。那些看的人，登时彩声雷动，都道好拳法，因此丢钱的却也不少。洪锦心中想道："照此办法，我母妹三人，倒也暂可度日。"遂弯腰将钱拾起，向大众说了一声多谢，便又将架落摆开。此时却从人丛中走进一人，但见他腰佩宝剑，暴眼浓眉，凛凛身躯，堂堂一表，是个武生打扮。还跟一个小吏，站立背后。他却叉手而立，侧目而视。洪锦见了，以为他是个法家，便抖擞精神，又耍了一套。哪里晓得武生未来之先，把钱的人，倒实在不少。自从他进来，却没有一个人把钱。你道这是为何呢？原来这武生姓马名骜，是本县的一个武举，为人凶横异常。若有江湖上卖艺的人，来此经营，必要先送个帖子，到他那里。每日还要致送些钱，方许他在教场内卖艺。倘不如此，若是有人把钱给卖艺的，他看见了，不但不许卖艺的在此，还要与那把钱的为难。因此看的人见他来了，就没有一个再敢把钱。洪锦哪里知道，将一套拳耍过，正要向众人讨钱。只见那马骜喝道："尔是何人，敢在此卖弄武艺。可知道俺那里还未挂号，何能容你在此逞能？"

洪锦闻言，暗想这厮如此言语，未免欺人太甚。因道："俺卖俺的拳，却与你何干？"马鹜更是大怒，喝道："好大胆的狂奴，此地没有尔站的地步。"说着就将腰间佩的宝剑抽出，向洪锦砍来。洪锦一见也怒道："皇帝家的地方，怎能任你作威作福！"一个进步，将马鹜的宝剑夺了过来，乘势一脚飞去，马鹜早跌落尘埃。洪锦更近一步，按住马鹜，手起剑落，登时将马鹜砍死。那些看的人一齐喊道："杀死人了！"马鹜的小吏便走上前来，扯住洪锦。洪锦却叉手而立，怒声说道："诸君勿怕，俺洪锦也是个堂堂的丈夫。俺既然将顽徒杀死，岂肯畏罪逃脱！一人做事一人当，但请众位将我领到公堂，俺去首告便了。"此时众人中有那怕事的，早已溜了大半。那好事的就开口说道："一人做事一人当，才算是英雄好汉。既如此说，我们就带你到县，让你首告。"那本坊地保，闻得出了命案，也赶着前来，拘拿凶手。一听洪锦要到县里首告，他便邀了许多见证，同着洪锦一齐去到江都县衙门。

当时胡知县一闻此言，直吓得魂飞天外，即刻升堂，传拿凶手。哪知洪锦已站立堂上，便将始末根由，直供不讳。胡知县触起前事，暗想："洪锦如此凶横，真个目无法纪。前次逼迫我捉贼追赃，明明是有意讹诈！"便怒冲冲地传了伺候，去往教场相验。一霎时，到了教场，只见马鹜的家属环跪在地，叩求申冤。胡知县准了状词，又喝令仵作相验，据报委系被剑砍死。当即填明尸格，传命尸亲收殓，便即打道回衙。又将人证传到堂上，问了一遍，都与洪锦口供相符。胡知县一面命将洪锦先行收监，一面备文书通详上宪，专待上司回文，便好按律治罪。

可怜洪夫人和锦云困居客店，哪里晓得洪锦遭下奇祸，命在旦夕！却还盼望洪锦回来，或者打听得县里有什么好消息。正在痴想，忽见费五匆匆得进来，望着洪夫人说道："你家令郎在教场里，不知为了何事，将本地一个武举马骘杀死，已被县里捉住收监。眼见得是要偿命的了。"洪夫人及锦云一闻此言，只吓得胆碎魂销，面如土色。不觉放声哭道："苍天呀！为何我洪氏一门，迭遭奇祸。想在杭州时，幸亏那义士李广搭救，助赠银两。实指望从此还乡，安然无事。又谁知半途遇贼，窃去银两，只落得坐困客店，日食难度。今逆子又行凶杀人，收入监狱，我母女两个，怎生是好呢？"絮絮叨叨，捶胸拍桌的哭个不了。费五在旁，见此光景，陡然想出一条毒计。便假惺惺地向前说道："老夫人与小姐此时哭也无益，总要想个法儿，救出你家令郎才好呀。"洪夫人道："店主人，你叫我们做妇人的有什么法子想呢？"费五便趁机说道："我倒有个法儿在此，不知能行不能行。我们这里钞关城外范家庄，是当朝宰相范其鸾的住宅。他虽不在家中，他家那些公子们，却专肯济困扶危，又与本城地方官都有往来。我明日送老夫人前去恳求一番，他家公子必肯代你令郎设法的。"洪夫人听了这话，便将眼泪拭了一拭。先向费五谢道："多承店东关切。"便与锦云商议了一会。在锦云的意思，还想到杭州去求李广，但恐远水救不着近火。只得听费五的话，且走一趟。费五见洪夫人应允，心中暗喜，即刻出来，与他妻子刁氏说明如此如此，就可骗卖他的女儿。刁氏也是欢喜无限。

到了明早，费五就来催着洪夫人前去。洪夫人也因救子心切，嘱咐了女儿一声小心，随即同着费五出了钞关。洪夫人年老力衰，怎经得长途跋涉！虽是寸步难行，仍然气吁吁地拼命前进。及走到一处河边，费五以为时不可失，便给洪夫人一个冷不提防，猛然推入河内，可怜洪夫人就随波逐流而去。费五暗想洪夫人已经溺毙，便一口气赶回店中，告知刁氏。当下鬼鬼祟祟，将锦云诱至仪征地方，卖给一个财主王清为妾。得了身价，不回扬州，却逃往他方去了。

再说洪夫人被费五推落河内，顺流而下，也是他命不该绝，偏偏碰在一只船的舵上，被船上一位英雄救起。那英雄问悉根由，急忙立起，深深一揖道："据伯母如此说来，洪锦兄竟是一位英雄。小侄最敬的是忠臣孝子义夫节妇，最恨的却是那赃官污吏恶棍土豪。洪锦兄能除民害，真个令人生敬。伯母但请放心，小侄自当竭力相救。"洪夫人也就问他尊姓大名，祖居何地。那英雄叹了一口气答道："伯母，小侄与洪锦兄，同是天涯沦落之人。祖籍河南人氏，姓傅名璧芳，先父曾任山东登州知州，不幸为奸臣所害，惨遭落职，一病身亡，先母前年才经去世。小侄因此愤恨，就与两个中表兄弟一唤钻天龙左龙，一唤入地虎左虎，俱有万夫不当之勇，在清江登云山立了山寨，暂时托足。只因打听得江都知县是个贪官，要去打劫他那些不义之财，做山寨的粮饷。此次前去，正好将洪锦兄救出，给小侄们做个帮手。"正说话间，左龙、左虎亦均到来，傅璧芳便将始末根由对左氏兄弟说了一遍，当嘱给洪夫人行礼。傅璧芳又将去救洪锦的话告诉左氏兄弟，左龙、左虎当下齐声说道："见义不为，是无勇也。"随即点了五百喽啰，吩咐了一会儿，命各混入扬州城。傅璧芳等三人，到了扬州，先寻了一处饭店住下。一日黄昏时候，三人走到县衙左右一带探望，但见五百喽啰，已分伏各处，彼此递了暗号。傅璧芳等便静悄悄地混进头门，伏在黑暗处所。挨到二更将尽，大家就预备起来。又停了一会儿，只听大堂上鼓打三更，傅璧芳等即脱去外衣，拔出佩刀，就在头门里先放了一把火。登时烈焰腾空，火光烛地。那外面的喽啰看见火起，一个个手持兵刃，蜂拥而进。傅璧芳等三人，即刻奔到监院，劈开监门，大声喊道："洪锦兄何在？俺等特来搭救你的！"

此时洪锦正在那里愁闷，忽听得有人喊他，前来搭救。知道是翻监劫狱了，登时应声答道："洪锦在此，哪位英雄前来相救？"傅璧芳一见抢步上前，将洪锦所带的刑具，全行打落。随即递了一把朴刀过去，洪锦接在手中，跟着傅璧芳等三人领了喽啰，杀至大堂。一路杀到后宅，众口同声，不杀却胡图，断不罢休！此时衙门内上自幕友，下至差役，哪一个不吓得魂飞天外，只恨少生了两条腿，跑得不快，却又心慌意乱。明明的向西奔，他反向东跑，连方向都辨不清了。傅璧芳等杀至后宅，只见胡知县正要从后门逃走，却被洪锦一把抓住，大声喝道："你可认得一月前来报窃案的洪锦吗？你平日贪赃枉法，误国误民，今日可饶不得你了！"胡知县正要哀求，已被洪锦一刀杀死。

傅璧芳及左龙、左虎，见胡知县已被杀死，即领了喽啰向外杀出。此时城守千把各官，俱已闻报。一面飞传各城门严加把守，一面传齐兵丁，点了灯笼火把，飞身上马，奔往县衙保护。傅璧芳等一路杀出，急忙到费五店中，去救锦云。哪知费五店内，已搬得空空如也。只得回转头来，直往东门杀去，意欲出城。中途遇见官兵，大家便冲杀上去，且杀且走。官兵虽也猛力相敌，竟为傅璧芳等杀退。安然出城，便护了洪夫人回归登云山大寨。那扬州城内自从洪锦等去后，六街三市鹤唳风声，还闭了两天门。扬州府也不敢隐瞒，只得申详上宪。将一桩重案，全推在已死江都知县胡图身上。总说胡图颠预性成，讳言盗贼，致有此变。又行了一角例行通捕的文书。过了些时，上宪批下来，撤差的撤差，记过的记过，也就含糊着了却一件大事。

洪锦自被傅璧芳等救出，母子重逢，真个感激涕零。但洪夫人不知锦云的下落，镇日里还是长吁短叹，大家都时加劝慰，允代设法寻觅。后来洪锦及左龙、左虎闻得李广在扬州看打擂台，他三人便离了山寨，到扬州去会李广。不期误走仪征。当时天色已晚，投宿弥陀寺内，洪锦忽听得远远有啼哭之声，心中大为诧异。便顺着哭声寻去，但觉越听越近，好似他妹子的声音，心中更觉疑惑。急忙大踏步寻去，只见一所厢房，外面还系着铁锁。洪锦走近厢房，侧耳细听，只听得里面凄凄切切，一声母亲、一声哥哥的在那里啼哭。洪锦闻得却是他妹子的声音，不禁悲喜交并，立刻将门踢开，跨了进去。只见锦云浑身是血，吊在梁上。洪锦看罢，不觉大哭喊道："妹子不要怕，愚兄特来救你！"说着将宝剑拔出，一手托住锦云，一手将绳割断，把她安然放坐地上。锦云睁眼一看，放声大哭道："我的哥哥，你妹子莫不是与你梦里相逢吗？"洪锦道："妹子不要伤心，我且问你，你因何到此，遭此惨刑？"锦云便哽咽说道："那时困居旅店，被费五设计将我卖给王清为妾。多亏他夫人崔氏贤惠，细细地问我家世，我便将遭难情形，告诉于她。崔夫人大加叹息，立刻将我认为义女，嘱我避居此寺，以免被王清污辱。不料寺内两个尼姑，狼心狗肺，暗叫恶棍沈三槐，百端诱我。后因我抵死不从，便施非刑相逼。倘不是哥哥来此，你妹子早归黄泉了。"洪锦听罢，直气得发指眦裂。便邀请左龙、左虎分头将两尼姑同沈三槐一齐杀死，随即带同锦云回到登云山大寨。此时母女重逢，说不尽悲欢离合。洪锦又因虎口余生，仍得骨肉团聚，全仗傅璧芳及左龙、左虎之力，就向他们说了许多深恩大德没齿不忘的话。傅璧芳等也齐声谦让道："凶徒应受天诛，吾兄却有神佑！如兄所言，未免太客气了！"

邓家庄

国韵小小说

邓家庄

话说清朝时候，有个满洲人，姓安名学海，曾为南河一带河工州判。因为人正直，不合上司之意，每多申斥，遂告退不愿为官。平生最喜结交英雄豪杰，有一个老盟兄，姓邓行九，人都称他为邓九公，住在茌平镇邓家庄。一身本领非常，亦是英雄不遇时，只做了个保镖的老江湖。当时安学海告退动身回家，走至半路，忽然想起邓九公来，即告知跟随等，欲去访邓九公，即一路行至邓家庄。岂意邓九公此日不在家中，询其家中人云，往其女婿褚一官家去了，又找至褚一官家，方见着邓九公在内。一番见礼罢，邓九公即令摆酒接风。饮酒间，谈了无数别后渴念之语，邓九公道："老弟可知我八十余岁的人，在江湖上亦算得个名扬四海，岂意到了歇马时，几乎声名扫地。后来幸亏来了个女子，真是我的恩人，替我出气，方争过这面子来。"安学海道："老哥，你这样年纪，这等威名，如何说有恩人起来？愿闻一个详细。"

邓九公道："我整整地保了六十年镖，不曾丢过一次脸，失过一次事。那一年我想收船好在顺风时，便预先告诉亲友们，说明年一定歇马，一应聘金，概不敢领。承那些亲友客商们，都远路差人送彩礼来，给我庆贺，又与我挂了一块匾，写的是'名镇江湖'四字。我那庄上西院里，正中搭了座戏台，在府里叫了一班戏子，把那些客人左右乡邻，普遍一请。大家都来道喜，吃酒看戏，这个一杯，那个一盏，轮流把我灌着。正在高兴，忽见我看门的庄客跑了进来，说道：'外面来了一个人，口称来送礼贺喜。问他姓名，他说见面自然认得。'我就吩咐：'莫问他是谁，只管请进来，大家吃酒看戏。'一时请来，只见那人，身穿一件青绉绸夹袄，歪戴顶帽儿，脚穿一双熟皮鞋。身上背着蓝布缠的一桩东西，约莫是件兵器。后边跟着一人，手里托着个红漆小盒儿。走上厅来，把手一拱，说道：'请了！'只此两字。他就挺着腰、叉着脚，扭过脸去站着。

"我心里说：'这个人来的古怪，因问他足下贵姓？'

"他道：'姓邓的，你非不认得我，你休推睡里梦里。今日听得你摘鞍下马，特来会你！'我仔细一看那人，却也有些面熟，只是想不出是谁。因对他说：'足下恕我眼拙，一时想不起哪里会过。'他说：'我叫海马周三，你我在牦牛山地方，曾有一鞭的交情。'这句话，我想起来了。五年前，我从京里保镖，往下路去。我们同行有个金振声，他从南省保镖往上路来，走到牦牛山，他的镖货被人吃去了。是我路见不平，赶上他打了一鞭，夺回原物。他因此怀恨，前来报仇。乘着我有事，要在众人面前，糟蹋我一场。

"我说：'朋友，你错怪我了。这同行彼此相救，是我们的行规。况这事已过，今日既承下顾，现成的酒席，你我就借这杯酒，解开这个结，做个朋友，你道如何？'那些在座的客，一同上前解和。我看众朋友面上，也算让他了。谁知他不知抬举，说道：'不必让茶让酒，自你我牤牛山一别，我埋头等你，终要和你狭路相遇，见个高低。今日你既摘鞍下马，我海马周三，若暗地等你，也算不得好汉。今日到此，当着众位，请他们做个见证。要和你借一万八千的盘缠补还我牤牛山的那桩买卖。你是服的，双手捧来，便罢。倘若不肯，我也不叫你为难，我这盒里装着一碗胭脂、一盒香粉、两朵通草花，你打扮好了，就在这台上，扭个一周儿。你看我，尘土不沾，拍腿就走。'说罢，把盒子揭开，放在桌上。老弟你想，就算一个泥佛，可能听了不动气吗？"

安学海道："这人行径，岂不是个小人了！"邓九公道："老弟，你莫要小看了他。不想这等一个人，竟自能伸能屈。"安学海便接着问道："后来吾兄便如何？"邓九公道："那时我无名孽火，从脚底下直透顶门，只是碍着亲友，不好动粗。我便变作哑然大笑，说道：'我只道你用一百万八千万，那可叫我拿不出，要一万两银子，还备得起。'回头我就叫人盘银子去。在座的众人，还苦苦相劝道：'二位不可过于认真，有我们在此，大家可缓缓商议。'我便对大家说道：'众位休得惊慌。我邓某虽不才，还分得出皂白来。这事无论闹到如何，与众位决不相累。'霎时，把那银子搬齐，放在桌上。我说：'朋友，纹银一万两在此。只是我的银子，是凭精神气力挣来的，你这等轻轻松松，只怕拿不去。此地却是我的舍下，自古主不欺宾，你我说明，都不许人帮，就在当场见个强弱。你打倒了我，立刻搬了银子去。万一我的兵器上没眼睛，一时伤犯了你，可也难逃公道。'说着，我便拿了那把保镖的虎尾竹节钢鞭，他也抖开他那兵器，原来也是把钢鞭。和我这鞭的斤两，不差上下。那时众人都出厅来，远远地站着。便是我自己的人，也因我有话在前，不敢走近。当下我们两个，亮了兵器，就交起手来。及至一交手，才知他不是五年前的海马周三了。他那一条鞭，使了个风雨不透，休想破他一丝。我们两个来来回回，正斗得难分难解。只见从正东人群里，走出一个人来。手使一把倭刀，把我们两个的钢鞭，用刀背往两下里一挑，说：'你二位住手，听我有句公道话讲！'那时我只道是来帮他的，他亦只道是来帮我的。各个收回兵器，跳出圈子来看。

　　"只见那人身穿素服，头戴孝髻，斜挂张弹弓，原来是个女子。那时我同海马周三，才要和她答话，忽然正西上飞过一支镖来，正奔了那女子胸前。我刚说的声'防暗算'，她早把身子一闪，那镖打了空。接着又是第二支打来，她不闪了，只把身子一蹲，伸手向上一绰，早把那支镖拿在手里。紧跟着，又是第三支打来，那时她把手里这支镖，迎着那支镖打了出去，打个正着。只见冒了一股火星，当啷啷一声，两支镖双双落地。

"那四面看的人，就像海潮一般，喝了个大彩。那发镖的人，也不曾露面，早不知吓到哪里去了。她也不去寻，便向我和海马周三道：'你们二位今日这场斗，我也不问你们是非长短。只是一个靠着家门口，一个靠着暗器，便谁赢了，也被天下英雄耻笑！这耻笑不耻笑，却与我无干。只是我要问你，何以输了，便该擦脂抹粉戴花？难道这胭脂花粉里头，便不许有个英雄不成，如今你们两个且慢动手，这一桌银子算是我的了。你们两个哪个出头和我斗一斗，且看看谁输谁赢，哪个戴那朵花、擦那胭脂、抹那粉！'老弟，那个当儿。劣兄到底比海马周三多吃了几年饭，一看她那光景，断非寻常之辈，不可轻敌。才待和她讲礼，那海马周三见坏了他的道路，又欺她是个女子，冷不防嗖的就是一鞭。那女子也不举刀相迎，只把身子顺着来翻过腕子，从鞭底下用刀往上一磕，早把周三的鞭削作两段。众人又是齐声喝彩，只就那喝彩声音里头，接着一片喊声，早从人堆里跳出二三十个雄壮大汉来。"

安学海问道："这又是何等人？"邓九公道："这班人，原来是海马周三的伙伴。预先叫他们随了那起戏子，乔装打扮，混了进来，一个个埋伏在此。那时才听得众人一声喊，这女子下面乘势就是一个泼脚，把海马周三踢得趴在地下。她赶上一步，一脚踏住了他脊梁，用刀指着那群人道：'你们哪个上前，我就先宰了你这个海马周三，作个榜样。'那班人听了这话，生怕坏了他头领，都吓得不敢上前，倒退下去。她便对那班人说道：'就请你众人偏劳，把那个红漆盒子捧过来，给你头领戴上花朵，抹上脂粉，好让他上台，扭给大家看。'只听海马周三趴在地上，高声叫道：'众兄弟，休得上前。这位女英雄，也莫动手。我海马周三，也做了半生好汉，此时我不悔我来得错，我悔我轻看了天下英雄。今日当场出丑，我也无颜再生人世，便是死在你这等一位女英雄刀下，也死得值得。就请砍了头去，不必多言。'老弟你只听听，那女子的本领，可是脂粉队里的一个英雄，英雄队里的一个领袖吗？"

安学海听了，用手把桌子一拍道："痛快！"拿起杯来，一饮而尽。便接着问道："这场恶斗，斗到后来如何落场？"邓九公道："老弟，我那时只怕那女英雄，听了海马周三这段话，一时性起，把他手起一刀。虽说给我增了光、出了气，可就难免在场众亲友受累。正在为难，又不好转去劝她。谁想海马周三那些伙伴，一见他头领吃亏，那女英雄定要叫他戴花擦粉，急得一个个早丢了手中兵器，跪倒哀求，说：'这事本是我家头领，不知进退，冒犯尊威。还求贵手高抬，给他留些体面，我等恩当重报！'只听那女英雄冷笑一声，说：'你这班人，也晓得要体面？假如方才这八九十岁的老头儿，被你们一鞭打倒，他的体面安在？再说，方才若不亏你姑娘，有接镖的手段，着你一镖，我的体面又安在？'众人听了更无言可答，只有磕头认罪。

　　"那女英雄睬也不睬，便一脚踏定海马周三，一手拿着那把倭刀，换出一副笑盈盈的脸来，对着在场的大众说道：'你众位在此，休猜我和这邓九公是亲是故，前来帮他。我是远方过路的人，和他水米无交。我平生惯打无礼硬汉，今日撞着这场是非，路见不平，拔刀相助，并非图这几两银子！'说了这话，她然后回头，对那班周三的伙伴道：'我本待一刀，了却这厮性命。既是你众人代他苦苦哀求，如今权且寄下他这颗头。你们要我饶他，只要依我三件事。第一，要你们当着在场的众人，给这主人赔礼，此后无论哪里，见了不准胡闹。第二，这邓家庄的周围百里以内，不准你们前来骚扰。第三，你们认一认我这把倭刀和这张弹弓，此后这两桩东西一到，无论何时何地何人，都要遵照我吩咐的话行事。这三件事，件件依得，便饶他天字第一号的这场羞辱。你们大家快快商量回话。'

　　"众人还不曾开口，那海马周三早在地下喊道：'只要免得戴花擦粉抹脂，都依都依，再无翻悔！'那众人也一叠声儿和着答应。那女英雄这才一抬腿，放起海马周三。那厮爬起来，同了众人，走到我跟前，齐齐的尊了我一声：'邓九公爷！'向我磕了阵头，就要告退。老弟，古人说的好：得意不可再往，又说不可向世路结仇。我就连忙扶起他来，说：'周朋友，你走不得。从来说'胜败兵家常事'，又道是'识时务者呼为俊杰'。今日这桩事，从此一字休提。现成的戏酒，就请你们众兄弟，在此开怀痛饮。你我做一个不打不成相交的朋友，好不好？'那海马周三，他倒也得风便转。他道：'既承抬爱，我们就在这位姑娘的面前，以这句话敬你老人家一杯。'当下大家上厅来，连那在场的众人，也都加倍的高兴。我便叫人收过兵器，从新开戏，洗盏更酌。老弟你想，这个礼须得让那位女英雄首座了。我连忙满满地斟了一杯热酒，送过去。她说道：'我十三妹，今日理应在此，看你两家礼成。只是孝服在身，不便宴会。再者男女不同席，就此失陪，再图后会。'说着出门下阶，嗖的一声，托地跳上房去，顺着那房脊迈步如飞，连三跨五，霎时间不见踪影。

"我这才晓得他叫作十三妹。老弟，你听这场事的前后因由，劣兄那日要不亏这位十三妹姑娘，岂不把一世的英名丧尽？你道她如何算不得是我的一个恩人？因此那天酒席一散，众人走后，我也顾不得歇乏了，便要去跟寻这人。这才据我们庄客说：'这人三日前就投奔到此，那时因庄上正有事，庄客们便把她让在前街店房暂住，约她三日后再来，现在她还在店里住着。'我听了这话，便赶到店里和她相见。原来她只母女二人，她那母亲又是个既聋且病的。看那光景，也露着十分清苦。我便要把和海马周三赌赛的那一万两银子相赠，无奈她分文不取。及至我要请她母女到家养赡，她又再三推辞。问起她的来由，她说自远方避难而来。

因她上无兄下无弟，一家孤寡。深恐到此，人地生疏，被人欺负。知我小小有些声名，特来投奔，要我给她家遮掩门户，此外一无所求。当下便和我认了师生。她自己却在这东冈上青云山山峰高处找了一块地，结几间茅屋，仗着她那口倭刀、那张弹弓，自食其力，赡养老母。我除了送给她些薪水之外，凭你送她何物，她一概不收。如缺了用度，向我借些微财，不到数日，她依然照数还了我了。因此直到今日，我不曾报得她一点好处。"

安学海道："据这等听来，这人还不单是那长枪大戟的英雄，竟是挥金杀人的侠客。我也难得到此，老兄台，你和她既有这等的气谊，如何得引我会她一会？"邓九公听了这话，怔了一怔，未曾说话，两眼一酸，那眼泪早泉涌一般，落得满衣襟都是，连那白须上也沾了一片泪痕。叹了一声道："老弟，劣兄是个直肠汉子，肚子里藏不住话。独有这桩事，必须慎密，不好泄漏她的机关，我家里都不曾提着一字！不信，你只问他们，就知道缘故了。如今承老弟问到这句话，我两个气味相投、肝胆相照，我可不能瞒你了。

"原来这位十三妹姑娘，他父亲曾任副将，乃朝廷二品大员。只因遇着了个对头，这对头是无大不大的一个大角色，正是他父亲的上司。因为姑娘婚姻的事得罪那厮，他就寻了个错，参了一本。将她父亲革职拿问，下在监里，她父亲一气身亡。那时要仗她一身本事，不是取不了那贼子首级，要不了那贼子性命。皆因一则他是朝廷重臣，国家正在用他建功立业的时候，不可因一人私仇，坏国家的大事。二则她父亲的冤枉、她的本领，全省官员皆知。设若她做出件事来，冤冤相报，大家未必不疑心到她。万一机事不密，她有个不测，老母无人赡养。因此忍了这口恶气，又恐那贼子还放她孀母孤女不下，叫她的乳母丫鬟身穿重孝，扮作她母女模样，扶柩还乡。她自己奉了老母，避到此地。不想前几天，她这母亲又得了个痰症死了。她如今孝也不及穿，事也不及办。过了头七，葬了母亲，便要去报杀父大仇。今日她母亲死了第四天了，只有明后日两天，她此时的心绪，避人还避不及，我怎好引你去见她？老弟，若论你和这人，彼此都该见一见，才不算世上一桩缺憾事。只可惜老弟来迟了一步，她不日就要天涯海角，远走高飞，你见她不着了。"安学海听了，无可如何，只得作罢。当时酒饭吃完，这一席话也就谈完了。

邓九公云，得意不可再往。又云，不可向世路结仇。这两句话，真是从走遍江湖中得来的阅历。海马周三轻视天下英雄，恃强尚气，记仇图报，以致吃了此种眼前的亏。然则阅历二字，岂不是人生所最要紧的么！

省親別墅

刘姥姥

国韵小小说

刘姥姥

话说有一乡下人姓王名成，他的祖上曾做过一个小小京官，因见金陵王家有在京做大官的，依傍其势利，便连了宗。后来其祖死后，只剩这王成一人，因家业萧条，仍搬出城外原乡中住了。王成亦相继亡故，有子小名狗儿，娶妻刘氏，生子小名板儿，又生一女名青儿。一家四口，以务农为业。因狗儿白日间做些生计，刘氏又操井臼等事，青、板姊弟两个无人看管，狗儿遂将岳母刘姥姥接来一处过活。这刘姥姥乃是个久经世故的老寡妇，膝下又无子息，只靠两亩薄田度日。如今女婿接了来养活，遂一心一计帮着女儿女婿过活起来。

因这年秋尽冬初，觉得天气渐渐冷上来了，家中冬事未办，狗儿未免心中烦虑。刘姥姥看不过，因替他们想主意。大家想来想去，都想不出个道理。后来还是刘姥姥想出一个机会来，向狗儿说道："当日你们原是和金陵王家连过宗的，二十年前他们看承你们还好，如今他家二小姐现是荣国府贾二老爷的夫人。听得他们说，如今上了年纪，越发怜贫恤老，最爱斋僧布施。如今王府虽已出仕，只怕二姑太太还认得我们，你何不去走动走动？或者她还念旧，有些好处，亦未可知。只要她发一点好心，拔一根毫毛，比我们的腰还壮呢。"狗儿听说心中活动，笑道：

"姥姥既如此说，当日你又见过这姑太太一次，何不你老人家明日就去走一遭，试试风头看？"刘姥姥道："哎哟！可是说的'侯门似海'，我是个什么东西！她家人又不认得我，去了也是白去的。"狗儿道："不妨，我教你个法儿，你竟带了外孙小板儿，先去寻陪房周瑞，若见了他，就有些意思了。这周瑞在贾府是一个有体面的大管家，我们本极好的。"刘姥姥道："也罢，就是舍了我这副老脸去碰碰看。果然有些好处，也大家有益。"当晚计议已定。

次日天未明时，刘姥姥便起来梳洗了，又教了板儿几句话。五六岁的孩子，听见带了他进城玩去，便喜得无不应承。于是刘姥姥带了板儿进城，往宁荣街来。到了荣府大门前石狮子旁，只见簇簇的轿马。刘姥姥便不敢过去，且掸掸衣服，又教板儿几句话，然后蹭在角门前。只见几个挺胸凸肚指手画脚的人，坐在大门上，说东谈西的。刘姥姥只得挨上前来，问太爷们纳福。众人打量了他一回，便问："是哪里来的？"刘姥姥赔笑道："我找太太的陪房周大爷的，烦哪位太爷替我请他出来。"那些人听了都不理她，内中有一个年老的说道："那周大爷往别处去了，他在后面一带住着，他娘子却在家里。你从这边绕到后街门上找去就是了。"刘姥姥谢了，遂携着板儿绕至后门上，一路问去，就找到了。周瑞娘子出来认了半日，方笑说道："刘姥姥呀。"忙让座吃茶。周瑞娘子问些闲话，又问刘姥姥："今日还是路过，还是特来的?"刘姥姥道:"原是特来瞧瞧你嫂子,二则也请请姑太太的安。若可以领我见一见更好,若不能,便借重嫂子转致意罢了。"

周瑞娘子听了,便已猜着几分来意。只因她丈夫昔年争买田地一事,多得狗儿之力。今见刘姥姥如此,心中难却其意,二则也要显弄自己的体面。便笑道:"姥姥你放心,大远的诚心诚意来了,岂有个不教你见正主儿的。我与你通个信去。但只一件,姥姥有所不知,我们这里,不比五年前了。如今太太不大理事,都是琏二奶奶当家了。这琏二奶奶就是太太的内侄女,小名凤哥的,如今有客来,都是这凤姑娘周旋接待。今天宁可不见太太,倒要见她一面,才不枉走这一趟。"刘姥姥道:"这全仗嫂子方便了。"说着,周瑞家娘子便唤小丫头去打听老太太屋里摆了饭没有,一会儿小丫头回来说:"老太太屋里已摆完了饭,二奶奶在太太屋里呢。"

周瑞娘子听了,同着刘姥姥往贾琏的住宅来。先找着了凤姐的一个心腹大丫头,名唤平儿的。周瑞娘子先将刘姥姥起初来历说明,平儿听了,便作了主意。叫周瑞娘子带领刘姥姥进来,坐着等候。须臾凤姐回房,周瑞娘子将刘姥姥来历回明。凤姐命请。刘姥姥见了凤姐,说了些闲话,又说:"我今日带了你侄儿来,不为别的,只因他爹娘在家里连吃的也没有,天气又冷了,只得带了你侄儿奔了你老来。"说着又推板儿道："你爹在家里怎么教你的，打发你来做什么的？"凤姐早已明白了，听她不会说话，因笑止道："不必说了，我知道了。"因命周瑞娘子传了一桌客饭来，让刘姥姥在那边屋里去吃饭。吃完了饭，又过来给凤姐道谢。凤姐命平儿拿出二十两银子，凤姐说道："这银子暂且留给孩子们做件冬衣罢。改日无事，只管来玩，方是亲戚们的意思。天也晚了，不虚留你们了。"刘姥姥只是千恩万谢的拿了银子，随周瑞娘子出来，仍从后门去了。回到家里，狗儿及刘氏自是欢喜，大家整备过年。有了银子，也就不愁了。

到了次年秋天，刘姥姥带着板儿，又带些枣子倭瓜并些野菜，走到荣府来看凤姐。仍是周瑞娘子陪她进来的，见了平儿，赶忙上前问好。又见了凤姐，凤姐因贾母叫，赶忙去了。临去嘱咐刘姥姥等着回来说说话儿再去。这里周瑞娘子等陪了刘姥姥坐着，说些闲话。刘姥姥见等凤姐不来，说："天不早了，我们也去吧。别出不得城，才是饥荒呢。"周瑞娘子道："这话倒是，我替你瞧瞧去。"说着一径去了，半日方来。笑道："可是你老的福来了，竟投了这两个人的缘了！"平儿等问怎么样。周瑞娘子笑道："二奶奶在老太太跟前呢，我原是悄悄地告诉二奶奶：'刘姥姥要家去呢，怕晚了赶不出城去。'二奶奶说：'大远的难为她担了些东西来，晚了就住一夜，明日再去。'这可不是投上二奶奶的缘了？这也罢了，偏生老太太又听见了，问刘姥姥是谁？二奶奶便回明白了。老太太又说：'我正想与个积古的老人家说说话儿，请了来我见一见。'这可不是想不到的投上缘了？"说着催刘姥姥赶紧前去。刘姥姥道："我这个样儿，怎好见的？好嫂子你就说我去了吧。"平儿忙道："你快去吧，不相干的，我们老太太最是惜老怜贫的。想你是怯生，我和周大娘送你去。"说着，同周瑞娘子引了刘姥姥往贾母这边来。

却说荣国府内有一个大花园，名叫大观园。园中楼阁亭台、山林花草，以及村舍茅屋、荷池稻田，无不具备。所有荣府下一辈的姊妹及一位公子名唤宝玉的，都分住在园内。当时平儿等来到贾母房中，彼时大观园中姊妹们，都在贾母前承奉。刘姥姥进去，只见满屋里珠围翠绕、花枝招展，并不知都系何人。只见一张榻上独歪着一位老婆婆，身后坐着一个美人一般的丫鬟，在那里捶腿。凤姐站着正说笑。刘姥姥便知是贾母了，忙上前赔着笑，福了几福，口里说："请老太太安。"贾母亦忙欠身问好，又命周瑞娘子端过椅子来坐着。那板儿仍是怕生，不知问候。贾母向刘姥姥问长问短，又留她住一两天再去。那捶腿的丫鬟名唤鸳鸯，是贾母贴身服侍有体面的大丫头。见贾母留刘姥姥住下，忙命老婆子带去洗了澡，挑了两件随常衣服，命给刘姥姥换上。那刘姥姥哪里见过这样场面，忙换了衣裳出来，再在贾母榻前搜寻些话出来说。彼时宝玉姊妹们，都在这里坐着，也都听得津津有味。说了一会儿，大家也就散了。

次日，贾母因见园中菊花盛开，叫了宝玉等姊妹们来商议在园中摆席赏菊。一夕无话。次日天气清明，贾母带领众人来到园内，刘姥姥也随了来。只见一个丫鬟，捧着一个大盘子，里面养着各色折枝菊花。贾母便检一朵大红的簪在鬓上，回头笑向刘姥姥道："过来带花儿。"一语未完，凤姐便拉过刘姥姥来笑道："让我打扮你。"说着把一盘子花横三竖四地插了一头。贾母和众人笑个不住。刘姥姥笑道："我这头也不知修了什么福，今儿这样体面起来。"说话间，已到了一处。一进门只见两边翠竹夹路，土地下苍苔布满，中间一条石子砌的路。刘姥姥让出来与贾母众人走，自己却走土地。众人拉她道："仔细青苔滑倒了。"刘姥姥道："不相干，这是我们走熟了的。"她只顾上头和人说话，不防脚下果踏滑了，啪跶一跤跌倒。众人都拍手咯咯的笑。贾母笑骂道："小蹄子们，还不搀起来，只站着笑！"说话时刘姥姥已爬起来，自己也笑着说道："才说嘴就打嘴。"贾母对刘姥姥道："这是我外孙女儿林黛玉的屋子，这里叫作潇湘馆。"说着走出潇湘馆。只见几个婆子手里都捧着大食盒走来。凤姐忙问早饭摆在哪里，贾母道："摆在那边秋爽斋就好，你就带了人摆去，我们随后就来。"

凤姐听说，便同了鸳鸯等带着端饭的人，抄着近路。到了秋爽斋，调开桌案，鸳鸯笑道："天天我们说外头老爷们吃酒吃饭，有一个凑趣儿的，拿他取笑儿。我们今日也得一个女清客了。"凤姐会意，两人便如此这般商议撮弄刘姥姥。正商议着，只见贾母等来了，大家入座。凤姐一面递眼色与鸳鸯，鸳鸯便忙拉刘姥姥出去，悄悄嘱咐了刘姥姥一席话。又说这是我们家的规矩，若错了，我们就笑话呢。调停已毕，然后归座。刘姥姥挨着贾母一桌，鸳鸯侍立，一面递眼色。刘姥姥道："姑娘放心。"

那刘姥姥入了座，拿起箸来，觉沉甸甸的不伏手。原是凤姐和鸳鸯商议定了，单拿一双陈年四楞象牙镶金的筷子与刘姥姥。刘姥姥见了说道："这个叉把子，比我那里铁叉还沉，哪里拿得动它？"说的众人都笑起来。等到上菜之时，凤姐特拣了一碗鸽子蛋，放在刘姥姥桌上。贾母这边说声"请"，刘姥姥便站起身来，高声说道："老刘老刘，食量大如牛，吃个老母猪不抬头。"自己却鼓着嘴不语。众人先还发怔，后来一听，上上下下都哈哈大笑起来。笑得大家有喷了茶的，有吐出饭的。林黛玉笑得岔了气，宝玉笑得滚到贾母怀里，贾母笑得话都说不出来。伺候的媳妇丫鬟们，无一个不笑得弯腰屈背。独有凤姐鸳鸯二人撑着不笑，还只管让刘姥姥。

刘姥姥拿起箸来，只觉不便。又道："这鸡儿也俊，下的这蛋也小巧怪俊的，我且吃一个儿。"众人方住了笑，听见这话，又笑起来。贾母笑得眼泪都出来了，只忍不住，叫人在后捶着。贾母笑道："这定是凤丫头促狭鬼儿闹的，快别信她的话了。"那刘姥姥正夸鸡蛋小巧，凤姐笑道："一两银子一个呢，你快尝尝罢，冷了就不好吃了。"刘姥姥便伸筷子要夹，哪里夹得起来。满碗里闹一阵，好容易撮起一个来。才伸着颈子要吃，偏又滑下来，滚在地上。忙放下筷子，要亲自去拾，早有人拾了出去了。刘姥姥叹道："一两银子，也没听见个响声儿就没了。"

众人已无心吃饭，都看她取笑。一时吃毕，贾母带领众人，各处间逛了一会儿。贾母吩咐将席摆在园中缀锦阁下，大家走来入席。吃了一会儿酒，行了一会儿令，刘姥姥又闹出许多笑话来。一时席散，贾母因要带着刘姥姥散闷，遂携了刘姥姥至山前树下，盘桓了半晌。又说与她这是什么树、这是什么石、这是什么花，刘姥姥一一领会。又向别处逛了一会儿。贾母倦了，凤姐等围随着歇息去了。这里宝玉姊妹乃和众丫鬟，都要带着刘姥姥逛，随着取笑。一时来至一个牌坊底下，牌坊上嵌着"省亲别墅"四个字。刘姥姥道："啊呀，这里还有大庙呢。"说着便跪下叩头。众人笑弯了腰。刘姥姥道："笑什么，这牌坊上的字我都认得。我们那里这样庙宇最多，都是这样的牌坊，那字就是庙的名字。"众人笑道："你认得这是什么庙？"刘姥姥便抬头指那字道："这不是玉皇宝殿四字吗？"众人笑得拍手打掌，还要拿她取笑。刘姥姥觉得腹内一阵乱响，忙的拉着一个丫头，要了两张纸就解衣。众人又是笑，又忙喝她，这里使不得。忙命一个婆子带了她到东北角上去了，那婆子指给她地方，便乐得走开去歇息。

那刘姥姥因吃了些酒及许多油腻饮食，又多吃了几碗茶，不免痛泻起来。泻完走出，酒被风吹，只觉得头晕眼花，辨不出路径。四顾一望，皆是树木山石、楼台房舍，却不知哪一处是往哪一路去的。只得顺着一条石子路，慢慢地走来，及至到了房舍跟前，又寻不着门。再走过去，忽见一带竹篱。顺着路走去，得了一个月洞门，跨进门内，只见迎面一带水池。沿池顺着石子甬路走去，转了两个弯子，只见有个房门，于是进了房门。便见迎面一个女孩儿，满面含笑迎出来。刘姥姥忙笑道："姑娘们把我丢下了，叫我碰头碰到这里来。"说了，只觉那女孩儿不答，刘姥姥便赶来拉她的手。咕咚一声，便撞到板壁上，把头碰得甚疼。细看那女孩儿，原是一幅画儿。刘姥姥自忖道："原来画儿有这样凸出来的。"一面想，一面看，一面又用手摸去，却是一色平的，点头叹了两声。一转身方得了一个小门，走进门去，抬头一看，只见四面墙壁玲珑剔透、金彩珠光，眼都看花了。找门出去，哪里有门？刚从屏后得了一门，只见一个老婆子，也从外面迎了她进来。刘姥姥诧异，心中恍惚想道："莫非是她亲家母？"因连忙问道："你想是见我这几日没家去，亏你找我来，哪位姑娘带着你进来的？"又见她戴着满头花，刘姥姥笑道："你好没见世面，见这园里的花好，你就没死活的戴了一头。"说着，那老婆子只见笑，也不答言。便心中忽然想起："常听说富贵人家有一种穿衣镜，这别是我在镜子里头吗？"想毕伸手一模，再细细一看，可不是四面雕空紫檀板壁，将这镜子嵌在中间。因说："这已经拦住，如何走出去呢？"一面说，一面只用手摸。这镜子原是西洋机括，可以开合。不意刘姥姥乱摸之间，其力巧合，便撞开了机括。掩过镜子，露出门来。刘姥姥又惊又喜，遂走进去，忽见有一副最精致的床帐。她此刻带了七八分的酒，又走乏了，便一扭身坐在床上，只说歇歇，不料身不由己，便前仰后合的朦胧着两眼，一歪身就睡熟在这床上了。

且说众人等她不见，板儿寻不着姥姥，急得哭了。众人都笑道："别是掉在茅厕里了。"因命两个婆子去寻。回来说："没有。"众人各处搜寻不见。宝玉房中一个大丫头名叫袭人的说道："一定是她醉了迷了路，顺着这一条路，往我们后院子里去了，我且去看来。"一面说着，一面回来。进了怡红院，便叫人，谁知那几个在房里的小丫头，已偷空玩去了。袭人一直进了房门，就听见鼾声如雷。忙进房来，只闻见酒屁臭气。满屋一瞧，只见刘姥姥扎手舞脚地仰卧在床上。袭人一惊不小，慌忙赶上来，将她没死没活地推醒。那刘姥姥惊醒，睁眼见袭人，连忙爬起来道："姑娘我该死了，我失错，并没弄污了床。"一面说，一面用手去掸。袭人恐惊动人，被宝玉晓得了，只向她摇手，不叫她说话。忙点上许多香。所喜不曾呕吐，忙悄悄地笑道："不相干，有我呢。你随我出来。"刘姥姥答应着，跟了袭人出至小丫头们房中，命她坐下，向她道："你出去就说醉倒在山石上，打了个盹儿。"刘姥姥答应"是"。又与她两碗茶吃，方觉酒醒了。因问道："这是哪个小姐的绣房，这样精致？我就像到了天宫里一样。"袭人微微笑道："这个么是宝二爷的卧室。"刘姥姥吓得不敢作声。袭人带她从前面出去，见了众人，只说她在草地上睡着了，带了她来的。众人都不理会，也就罢了。吃罢晚饭，刘姥姥带着板儿，到贾母及凤姐两处告辞，就在贾母这边过了一夜。次日刘姥姥带了板儿，由角门出来，上车回去了。